Daniela Laux

Sie wartete die ganze blaue Dämmerung lang,
wartete noch, als es schon dunkel war.

Cormac McCarthy: Draußen im Dunkel

Brigitte Blobel
wurde 1942 in Hamburg geboren. Nach dem Studium der Theaterwissenschaften, Politik und Zeitungswissenschaften arbeitete sie als freie Journalistin für verschiedene Zeitschriften. Bis heute hat Brigitte Blobel neben vielbeachteten Reisereportagen und Drehbüchern zahlreiche Romane für Erwachsene und Jugendliche veröffentlicht, für die sie bereits mehrfach ausgezeichnet wurde. Sie lebt heute in ihrer Heimatstadt Hamburg.

Brigitte Blobel

Plötzlich ist alles anders

Schneider Buch

Die Deutsche Bibliothek – CIP-Einheitsaufnahme

Blobel, Brigitte:
Plötzlich ist alles anders / Brigitte Blobel. – München : Egmont Schneider, 1999
(Gefühlssachen)
ISBN 3-505-11014-0

Dieses Buch wurde auf chlorfreies, umweltfreundlich hergestelltes Papier gedruckt. Es entspricht den neuen Rechtschreibregeln.

Der Schneider Verlag im Internet:
http://www.schneiderbuch.de

Erstmals erschienen 1987
Titelfoto: Daniel Kraus
Umschlaggestaltung: ART-DESIGN Wolfrath, München
Herstellung: Gabi Lamprecht
Satz: FIBO Lichtsatz GmbH, Unterhaching
Schrift: 11˙ Garamond
Druck: Presse-Druck, Augsburg
Bindung: Conzella Urban Meister, München-Dornach
ISBN 3-505-11014-0

Ada lehnte ihr rosarotes Panther-Fahrrad an den Gartenzaun, genau neben die Briefkästen, in denen noch die Morgenzeitungen steckten, zog aus dem Schlitz, der den Namen „Fröhlich“ trug, die Zeitung heraus und rannte auf die Haustür zu.

Es war halb acht Uhr morgens, ein trüber, regnerischer Märztag, an dem es wahrscheinlich überhaupt nicht hell werden würde. Aber Ada achtete nicht auf das Wetter. Sie drückte auf den Klingelknopf über dem Namen „Fröhlich“ und summte den letzten Hit von Betty Banja, der ihr seit Tagen im Kopf herumgeisterte, vor sich hin. Wie üblich nahm sie den Finger nicht vom Klingelknopf, bis sie aus dem Lautsprecher Nadines Stimme hörte, ihr typisches: „Morgen, altes Haus! Bin schon unten.“ Manchmal sagte sie: „Mann, du kannst einen vielleicht nerven! Ich bin noch mitten beim Frühstück.“ Oder sie fragte: „Wie kalt ist es? Muss ich etwa noch mal meinen Teddymantel rausholen? Der ist schon fast eingemottet.“

Ada hatte auf alles eine Antwort. Sie kam sich in diesen Augenblicken immer ein bisschen vor wie Nadines Kindermädchen. Und das amüsierte sie jedes Mal, weil Nadine ja im Grunde älter war als sie, nämlich ganz genau ein Jahr und zwei Monate, also schon fünfzehn. Nadine, im Sternzeichen des Skorpions geboren, war ein Draufgängertyp, während sie, Ada, eine „späte Jungfrau“ war, wie ihre Mutter das immer nannte, weil sie am 19. September Geburtstag hatte. Sie war, na ja, das musste sie zugeben, tatsächlich eine typische Jungfrau. Zurückhaltend, ein bisschen scheu. Aber „unheimlich lieb“, wie Nadine meinte. Anhänglich und zuverlässig.

Nach Ada konnte man den Wecker stellen. Ada würde nie zu spät zur Schule kommen, sie hatte nicht ein einziges Mal den Konfirmandenunterricht versäumt (Nadine war katholisch), und wenn Adas Mutter sagte, sie müsse um neun Uhr zu Hause sein, dann konnte man ziemlich sicher sein, dass der Schlüssel sich um dreißig Sekunden vor neun Uhr im Wohnungsschloss drehte.

Ada schaute auf die Uhr: Es war, auf die Sekunde genau, drei Minuten nach halb. Oben im vierten Stock schrillte unablässig die Klingel, aber Nadine rührte sich nicht.

„He!“, rief Ada in die Sprechanlage. „Nadine! Was ist los? Es ist schon drei Minuten nach halb acht!“

Stille. Nur das leise Rauschen, das immer in dieser ziemlich ramponierten Sprechanlage zu hören war, zeigte an, dass sie wenigstens funktionierte.

Ada trat ein paar Schritte von der Haustür zurück und blickte an dem Mietshaus empor. Oben, im vierten Stock, waren alle Fenster geschlossen, aber das wunderte sie nicht. Die Fröhlichs waren nicht solche Frischluftfanatiker wie ihre Eltern, die immerzu die Fenster aufrissen, weil sie meinten, es gäbe „nicht genug Sauerstoff“ in der Wohnung. Bei Fröhlichs war es immer schön kuschelig warm, fand Ada, auch wenn zugegebenermaßen der Blumenkohlgeruch manchmal etwas zu lange zwischen Sofa und Gardinen hängen blieb.

Ada steckte zwei Finger in den Mund und pfiff. Noch immer rührte sich nichts im vierten Stock. Dafür aber wurde unten in der Hausmeisterwohnung das Küchenfenster aufgerissen, und eine Frau mit einem runden rosigen Gesicht zeigte Ada sehr deutlich den Vogel.

„Sag mal, spinnst du?", schrie sie. „Hier solchen Spektakel zu machen! Du weckst ja das ganze Haus auf! Unverschämtheit!"

Ada wurde sofort rot. „'tschuldigung", murmelte sie zerknirscht. „Das wollte ich nicht. Ich warte nur auf meine Freundin, auf Nadine Fröhlich. Ich hab schon Sturm geläutet, aber sie hört nicht, und um acht Uhr beginnt die Schule!"

„Dann geh halt rauf und klingel oben noch mal! Vielleicht funktioniert die Klingel hier unten nicht", sagte die Hausmeisterin gnädig. „Ich lass dich rein." Sie drückte auf den Summer und Ada stieß die Haustür auf. Glücklicherweise war der Lift gerade im Erdgeschoss. Es dauerte nur ein paar Sekunden, da stand sie vor der Wohnungstür der Fröhlichs. Sie klingelte und wartete. Nichts. Nicht einmal Janka, die dicke Dackelhündin, jaulte oder hechelte hinter der Tür. Keine Radiomusik drang nach draußen, es war vollkommen still. Allmählich wurde es Ada richtig unheimlich. Wieso öffnete keiner? Ada trommelte mit den Fäusten gegen die Tür. „Nadine! Mach auf! Ich bin's, Ada!"

„Etwas nicht in Ordnung?" Aus der Nachbarwohnung schaute ein älterer Mann heraus. Er öffnete die Wohnungstür nur einen Spaltbreit und beäugte Ada misstrauisch.

Ada lächelte abwehrend. „Vielen Dank", sagte sie hastig, „ich warte nur auf meine Freundin. Sie hört die Klingel nicht ..."

In diesem Augenblick flog die Tür auf, und Nadine, in einem geringelten Schlafanzug, öffnete verschlafen die Tür. Sie blinzelte, strich sich die langen, zotteligen Haare aus der Stirn und starrte Ada verblüfft an. „He ... Ada, was ist los?“

Plötzlich schien sie zu begreifen: „Sag bloß, es ist schon halb acht ... Sag bloß, ich hab verpennt!“

„Es ist inzwischen zwanzig vor“, erklärte Ada. „Ich hab keine Ahnung, wie du es pünktlich schaffen willst. Und wir haben in der ersten Stunde Fipsi! Du weißt ja, wie der ist. Der macht sofort eine Eintragung ins Klassenbuch.“

Nadine schlug sich gegen die Stirn. „So ein Mist!“, schimpfte sie. „Wieso ist dieser verdammte Wecker nicht losgegangen? Ich habe ihn auf sieben Uhr gestellt. Ganz klar auf sieben. So was Blödes!“ Sie ließ die Tür offen und rannte ins Bad. Der Mann aus der Nachbarwohnung starrte immer noch. Wahrscheinlich hält er das für so ’ne Art Kinovorstellung, dachte Ada. Herausfordernd schaute sie ihn an. „Ist noch etwas?“, fragte sie betont deutlich. Der Mann zog sofort den Kopf zurück und schloss schnell, ohne etwas zu erwidern, die Tür.

Hinter der Badezimmertür hörte Ada die üblichen prustenden Geräusche, mit denen Nadine ihre Morgenwäsche begleitete. Nadine schnaubte immer wie ein Walross, wenn sie ihr Gesicht mit kaltem Wasser abduschte, und beim Zähneputzen gurgelte sie so ausgiebig, dass man damit, wie Ada schon oft gesagt hatte, eine Werbesendung für Mundwasser machen könnte. Vorsichtig drückte Ada die Klinke zum Bad herunter. „Gleich Viertel vor acht“, sagte sie.

„Mann! Mach bloß nicht so einen Terror!“ Nadine riss ein Handtuch von der Stange und rubbelte ihr Gesicht.

„Fipsi wird's schon überleben. Ich hab die letzte Aufgabe sowieso nicht rausgekriegt. Ich wette, da ist irgendein Wurm drin. Die Wurzel geht doch überhaupt nicht auf!"

„Klar geht die auf", sagte Ada. „Kommt genau dreiundzwanzig Hektar raus. Ich fand's babyleicht."

Ada setzte sich auf den Rand der Badewanne und schaute Nadine zu, die ihre Haare föhnte. Nadine hatte unheimlich schöne lange Haare. Wenn Nadine nicht Adas allerbeste Freundin wäre, würde Ada sicherlich neidisch auf ihre Haare sein. Und dann noch dieser kastanienbraune Schimmer, der sogar echt war! Überhaupt war Nadine mit Abstand das schönste Mädchen in der Klasse. Keine aus der 8a konnte da konkurrieren. Ada schon gar nicht. Aber sie gönnte Nadine ihre Schönheit. Sie war sogar ein bisschen stolz darauf, beinahe mit so einer Art Besitzerstolz.

Im Gegensatz zu Ada hatte Nadine schon einen richtigen Busen, der sich deutlich sichtbar unter ihren T-Shirts, Pullis und Blusen abzeichnete. Ada wusste ganz genau, dass es ein paar Jungen in der Klasse gab, die ziemlich genau hinsahen, wenn Nadine an ihnen vorbeiging. Aber Nadine schien das überhaupt nicht zu interessieren. Sie war nicht eitel, weder auf ihre Superfigur noch auf ihre Haare oder das Profil, um das sie manche Schauspielerin beneiden würde. Nadine war ganz einfach Nadine. Ein Mädchen, fünfzehn Jahre alt, achte Klasse (eine Ehrenrunde inbegriffen), Realschule, Beamtentochter. Ihr Vater war irgendetwas Höheres bei der Bundesbahn, so eine Art Inspektor. Ihre Mutter Hausfrau, und sie war das einzige Kind, ein bisschen verwöhnt natürlich. Zu Weihnachten und zum Geburtstag wurde sie immer etwas großzügiger beschenkt als Ada. Aber Ada hatte schließlich auch noch einen Bruder, und seit in der Autowerkstatt, in der ihr Vater als Meister beschäftigt war, Kurzarbeit drohte, wurde sowieso etwas mehr gerechnet.

„Wenn du hier sitzen bleibst und zuguckst, wie ich mir die Haare kämme", sagte Nadine, „wirst du auch nicht pünktlich zu Fipsis Mathestunde kommen."

Ada hob die Schultern. „Ich hab beschlossen, zu warten", sagte sie. „Wenn du zu spät kommst, komme ich eben auch zu spät."

„Aber Fipsi trägt dich dann auch ins Klassenbuch ein!", sagte Nadine.

„Und wenn schon." Ada lächelte Nadine an. „Dann haben wir eben beide eine Eintragung. Geteiltes Leid ist halbes Leid. Außerdem: Wenn ich dich nicht auf meinem Gepäckträger mitnehme, kommst du ja noch später."

„Stimmt", sagte Nadine. Sie schüttelte ihre Haare in Form, zog mit dem Stift die Augenbrauen nach und tupfte etwas Lipgloss auf die Lippen. Im Vorbeigehen gab sie Ada ein Küsschen auf die Wange. „Du könntest mir schon mal ein Glas Milch oder so was besorgen. Und ein Knäckebrot. Am liebsten mit Erdbeermarmelade, wenn noch welche da ist. Für Kaffee ist es ja sowieso zu spät. Obwohl ich ehrlich nicht weiß, wie ich diese blöde Penne durchstehen soll ohne eine anständige Tasse Kaffee am Morgen. Wie spät ist es jetzt?"

Ada schaute auf die Uhr. „In einer Minute klingelt es."

Nadine breitete die Arme aus und tanzte in ihr Zimmer. „In einer Minute klingelt es! Toll! Echt super! Es klingelt, Fipsi kommt mit seinen blöden Büchern unter dem Arm und seiner schlecht geputzten Nickelbrille in die Klasse, lässt die Blicke schweifen und ... Nanu? Was ist denn das?

Astrid Hamann und Nadine Fröhlich sind nicht da! Verblüffung! Schwänzen die beiden etwa seine herrliche, fantastisch aufregende Mathestunde?“ Während Nadine vor sich hin plapperte, zerrte sie Strümpfe, Unterwäsche und Pulli aus den Schubladen, stieg in ihre Jeans, band den neuen Gürtel mit den Silberbeschlägen um und erschien, strahlend frisch und schön wie immer, in der Küche. Sie legte Ada die Hände um die Taille und wirbelte sie herum. „Hallo, Adalein“, sagte sie. „Wo ist das Frühstück?“

Ada hatte, praktisch wie sie war, inzwischen schon in der kleinen Essecke das Frühstück für zwei gedeckt. Sogar das Alpenveilchen hatte sie vom Fensterbrett genommen und auf den Tisch gestellt. Jetzt setzte sie sich Nadine gegenüber, schob ihr den Brotkorb hin und fragte: „Wo ist eigentlich deine Mutter? Und Janka?“

„In der Tierklinik“, erklärte Nadine. „Weißt du doch! Janka hat seit Wochen diesen ekligen Bandwurm. Heute Morgen um sieben musste sie in die Tierklinik. Die wollen eine Art Radikalkur mit Janka machen. Mensch, Mutter darf unter keinen Umständen erfahren, dass ich verpennt habe, klar?“

„Versteht sich doch von selbst“, antwortete Ada. „Hab ich dich denn jemals verpetzt?“

Nadine grinste. „Wär ja auch noch schöner. Wo wir doch die eineiigen Zwillinge sind!“ Sie hob ihre Milchtasse und stieß sie gegen Adas Becher. „Darauf trinken wir“, sagte sie gut gelaunt. „Komm, wir trinken auf unsere einmalige, tolle Freundschaft!“

Sie tranken, während sie sich dabei in die Augen schauten, die frische Milch in großen Zügen. Als sie ihre Becher absetzten, hatten sie beide schmale Milchbärte.

Nadine prustete als Erste los. „Wie du aussiehst! Wie die Frau vom Zigeunerbaron! Mit grau meliertem Bärtchen!"

„Und du siehst aus wie Mick Manzac, der seiner Katze die Milch weggeschnappt hat." Ada lachte.

„O ja! Das ist überhaupt das Stichwort! Soll ich die Kassette von Mick Manzac einwerfen, ein bisschen Stimmung machen, ja?" Nadine war schon aufgesprungen, aber Ada schüttelte den Kopf.

„Du bist echt total verrückt, Nadine", sagte sie zärtlich. „Während deine Klassenkameraden über Algebra schwitzen, willst du hier die große Sause inszenieren!"

„Mit Milch und Knäckebrot! Aber Ada! Weißt du nicht, was zu einem ganz großen Frühstück gehört? Ich sage dir, Samantha Blue, die bestellt sich morgens Sekt und Kaviar!"

„Wenn schon, denn schon", sagte Ada. „Dann schon richtigen Champagner!"

„Okay, okay. Du hast mich überzeugt. Kaviar und Champagner." Nadine versuchte einen Augenblick, sich so ein Frühstück vorzustellen, dann verzog sie das Gesicht. „Ich glaube, das muss grausig schmecken, dieses salzige Zeug morgens zum Frühstück. Da ist mir Erdbeermarmelade ehrlich lieber." Sie warf einen flüchtigen Blick auf den Küchentisch. „Also, heute lassen wir alles einmal so stehen. Mami bringt das schon wieder in Ordnung, wenn sie nach Hause kommt. Die arme Janka. Hoffentlich hat sie diese Radikalkur gut überstanden."

„Mach dir keine Sorgen", antwortete Ada. „Janka ist doch nicht unterzukriegen. Genau wie du."

Zwei Minuten später rannten sie aus dem Haus. Ada schwang sich auf den rosaroten Panther, und Nadine sprang im Fahren auf den Gepäckträger. Sie schlang ihre Arme um Adas Taille und lehnte ihren Kopf an Adas Rücken. „Meinetwegen“, rief sie, „brauche ich überhaupt kein neues Fahrrad! Ich finde dieses Verkehrsmittel äußerst bequem!“

Nadines Fahrrad war eine Woche zuvor gestohlen worden, und sie wartete jeden Tag auf das Geld von der Versicherung.

„Das hier hat nur den Nachteil, dass es verboten ist.“

„Wenn ein Polizist kommt, spring ich ab“, sagte Nadine. „Du musst mich bloß rechtzeitig warnen.“

„Tu ich schon, keine Panik“, rief Ada. „Halt mal den rechten Arm raus.“

Gehorsam streckte Nadine den rechten Arm aus, und Ada bog in die Seitenstraße ein. Hier gab es keinen Radfahrerweg, und Ada musste sich sehr konzentrieren, dass sie nicht gegen die Kante des Bürgersteigs fuhr.

„Links!“, rief Ada.

Nadine streckte den linken Arm raus, und schon kurvten sie auf die linke Straßenseite. „Klappt doch hervorragend!“, stellte Nadine begeistert fest. „Wir funktionieren eben wieder mal wie echte eineiige Zwillinge.“

Ada lächelte glücklich.

Nadine hatte Recht. Ihre Freundschaft mit Nadine war das Schönste, was ihr je im Leben passiert war. Seit über zwei Jahren waren sie unzertrennlich. Und Ada konnte sich nicht mehr vorstellen, wie sie ohne diese Freundschaft überhaupt hatte leben können. Manchmal, wenn sie abends in ihrem Bett lag und nicht einschlafen konnte, dann dachte sie: Ich liebe Nadine mehr als meine Familie. Mehr als Frank, den Bruder, sowieso. Aber auch mehr als meinen Vater, obwohl der unheimlich nett ist. Und mehr als meine Mutter. Ich weiß, dass ich das gar nicht denken darf. Aber es ist nun mal so. Ich sag es ja auch niemandem. Es ist mein Geheimnis.

Als sie endlich vor ihrem Klassenzimmer standen, merkte Ada doch, wie ihr Herz klopfte. Es war nicht ihre Art, zu spät zu kommen. Sie genierte sich, unter den neugierigen, abschätzenden Augen der Klassenkameraden quer durch den ganzen Raum zu gehen. Ihr fiel dann immer ein, dass sie unbedingt etwas gegen ihren Babyspeck unternehmen müsste, dass ihr Gang zu plump und ihre Füße zu groß waren – und allein dieser Gedanke machte sie so unsicher, dass sie noch verkrampfter wurde. Ein wahres Spießrutenlaufen. Sie hasste es. Und dann erst die zynischen Fragen von Fipsi! Dass Fipsi ein Zyniker war, darüber waren sich alle an der Schule einig. Er weidete sich an der Unsicherheit seiner Schüler, es gefiel ihm, jemandem eine Falle zu stellen und beim Lügen zu ertappen.

„Dabei“, sagte Nadine immer, „kann doch kein Mensch an einer Schule ohne Notlügen überleben.“

Ada warf Nadine einen flehenden Blick zu. „Wenn es wenigstens nicht Fipsi wäre“, flüsterte sie. „Sondern die Bernewitz zum Beispiel. Die ist immer unheimlich nett. Die macht einen vor der versammelten Klasse nicht so fertig. Aber ausgerechnet der!“

Als sie durch die geschlossene Tür die schneidende Stimme des Mathelehrers hörte, glaubte sie, ihr Magen drehe sich um.

Nadine aber lächelte vollkommen sorglos. „Lass mich das machen, Ada“, sagte sie leichthin. „Ich rede für uns beide, okay!“

„Aber was willst du ihm sagen?“, flüsterte Ada.

„Keine Bange. Mir fällt schon was ein.“ Schwungvoll riss Nadine die Klassenzimmertür auf und schlenderte, selbstbewusst sich in den Hüften wiegend, auf Fipsi zu, der an seinem Lehrertisch lehnte, die Arme vor der Brust gekreuzt, und gerade eine komplizierte Formel erklärte.

„Guten Morgen, Herr Philips“, rief Nadine betont freundlich.

Ada schlich mit eingezogenem Kopf auf leisen Sohlen hinter ihr her.

„Ah! Die Dame geruht also doch noch am Unterricht teilzunehmen“, sagte Fipsi mit hochgezogenen Brauen. Er betrachtete Nadine von Kopf bis Fuß. Man konnte nie ahnen, was Fipsi gerade dachte, aber als er seinen Blick von Nadine weg auf Ada richtete, da kam es Ada vor, als ob sich sein Gesicht noch ein wenig mehr verfinsterte. „Und der Schatten ist auch da. Natürlich! Wie sollte es anders scin?“

Ein paar in der Klasse kicherten. Ada wurde feuerrot. Aber Nadine warf den Kopf in den Nacken, ihre Haare sprühten Funken, und sie lächelte selbstbewusst. „Schatten?“, fragte sie. „Ich verstehe nicht, was Sie damit sagen wollen, Herr Philips.“

Hör auf, dachte Ada verzweifelt, sag lieber nichts. Du machst alles nur noch schlimmer!

Fipsi nahm seine Brille ab, putzte sie umständlich, setzte sie wieder auf, musterte erst Nadine, dann Ada, und sagte schließlich: „Nun, ich glaube, ich verrate kein Geheimnis, wenn ich deine Freundin Astrid deinen Schatten nenne. Wo du bist, da ist auch Astrid. Und wo du nicht bist, da kann auch Astrid nicht sein. Mit anderen Worten:

Wenn du morgens verschläfst, dann hört Astrid vor lauter Sympathie auch ihren Wecker nicht."

Die Klasse wurde unruhig, das Gelächter lauter. Fipsi schien es zu gefallen, aber Nadine machte einen Schritt auf den Lehrer zu. Selbstsicher erklärte sie: „Ich habe nicht verschlafen, Herr Philips. Und ich finde es unfair, dass Sie so über meine Freundin Ada reden. Ich wollte Ihnen gerade erklären, wieso wir zu spät gekommen sind, aber leider haben Sie ja Ihre Vorurteile, und gegen die kann man sowieso nichts ausrichten."

Sie ging mit hoch erhobenem Kopf an Fipsi vorbei. Ada, mit einem verlegenen Lächeln, drückte sich am Lehrertisch entlang und huschte zu ihrem Platz. Ihr Gesicht glühte. Sie hatte gewusst, dass es scheußlich werden würde. Solche Szenen waren immer scheußlich. Ada konnte nicht verstehen, wieso Nadine das überhaupt nichts ausmachte. Sie konnte es beim besten Willen nicht verstehen. Nadine schien es beinahe zu genießen.

Fipsi stieß sich vom Lehrertisch ab und schlenderte auf Nadines Platz zu. Nadine knüpfte gerade die Kordel auf, mit der sie ihr Bücher- und Heftebündel immer zusammenschnürte.

„Wenn's gestattet ist", erklärte Fipsi, „würde ich nun doch gerne eure Ausrede hören. Ich bin einfach gespannt, was ihr euch so ausgedacht habt. Ein Lehrer ist ja heutzutage dankbar für jeden Geistesblitz der Schüler. Also", er grinste, „ich höre."

Nadine sah ihn mit traurigen Augen an. „Unser Hund ist operiert worden", sagte sie, so als müsste sie die Tränen zurückhalten. „Janka, unsere gute Janka. In der Tierklinik. Sie können ja anrufen, wenn Sie es mir nicht glauben."

„Ach“, sagte Fipsi ungläubig. „Janka ist operiert worden. Ausgerechnet am Donnerstagmorgen in der Mathestunde!“

„Die Operation sollte schon um sieben Uhr beginnen“, erklärte Nadine. „Ich wollte meine Mutter ja nur bis zur Klinik begleiten und dann gleich zur Schule kommen, aber Janka hat wohl gespürt, dass mit ihr etwas geschehen sollte, und ist abgehauen. Hat sich einfach von der Leine losgerissen und war weg. Da habe ich Ada angerufen und wir haben gemeinsam alles abgesucht.“

„War das vor oder nach der Operation?“, fragte Fipsi lächelnd. Offensichtlich glaubte er kein Wort.

„Vor der Operation natürlich“, antwortete Nadine kühl. „Nachher wäre es ihr wohl nicht möglich, so zu rennen.“

„Aha“, sagte Fipsi. „Und was war das für eine Operation?“

„Etwas sehr, sehr Unangenehmes“, sagte Nadine. „Sie hat seit Wochen einen riesigen Bandwurm. Der kommt von selbst nicht heraus. Auch nicht mit gutem Zureden. Also musste man ihn heute Morgen ...“

„Schon gut, schon gut.“ Fipsi wurde die Aufzählung dieser Einzelheiten nun sichtlich peinlich. Er schaute Nadine an, dann Ada. Ada erwiderte standhaft seinen Blick. Fipsi gab sich schließlich seufzend zufrieden, klappte das Mathebuch auf und sagte: „Seite zweiundneunzig.“ Immer noch etwas irritiert, ging er nach vorn. „So, so, ein Bandwurm“, wiederholte er, als könne er es immer noch nicht fassen, dass Nadine unter den Millionen von möglichen Ausreden ausgerechnet auf diese verfallen war. Dann klopfte er mit dem Knöchel seiner rechten Hand auf den Tisch und erklärte betont sachlich: „Seite zweiundneunzig, Absatz vier. Wir kommen jetzt zum mathematischen Begriff der Unendlichkeit ..."

Nadine duckte sich hinter ihren Vordermann und zwinkerte Ada zu. Ada formte die Lippen, und Nadine, die von den Lippen der Freundin alles ablesen konnte, lächelte.

„Du bist Spitze", hatte Ada ihr signalisiert. Angesichts des komplizierten Falles mit Jankas Bandwurm verzichtete Fipsi auf eine Eintragung ins Klassenbuch. Nach der Stunde, als Ada und Nadine sich um den Hals fielen, sagte Nadine: „Dafür lade ich dich ins *Eboli* ein! Zu einem Cappuccino. Wir müssen unseren Sieg über die Penne feiern. Holst du mich um drei zu Hause ab?"

Das *Eboli* war das einzige italienische Café in ihrem Stadtteil, das auch während der Wintermonate geöffnet hatte. Im Sommer konnte man in dem kleinen Hof zwischen den beiden Wohnblocks sitzen, im Schatten einer kümmerlichen Kastanie, konnte Eiskaffee schlürfen oder mit dem Löffel am Halbgefrorenen kratzen, sich auf den gelben Plastikstühlen zurücklehnen und die Sonne ins Gesicht scheinen lassen. Im Sommer war es der beste Treffpunkt der ganzen Gegend. Alle, die für Ada und Nadine irgendwie zählten, kamen mindestens einmal am *Eboli* vorbei, die Jungen aus der zehnten Klasse, die Mädchen der Parallelklasse, die Typen, die Ada noch vom Konfirmandenunterricht kannte, die Leute aus dem Schwimmbad, der Diskjockey vom *Jet Set*, für den alle Welt schwärmte, und die Typen mit ihren aufgemotzten Motorrädern, die hier immer ihre Show abzogen. Im Winter war es nicht ganz so toll. Nadine und Ada unterhielten sich oft darüber, wo sich die ganzen lustigen Leute, die man im Sommer ewig und überall traf, wohl im Winter versteckten. „Die sitzen hinter dem Ofen“, sagte Ada, „und langweilen sich. Genau wie wir.“

Nadine hatte eine andere Theorie: „Die haben andere Eltern als wir. Die machen die Nächte durch, in den Diskos, auf Feten, Faschingsfesten und so. Den Tag über liegen sie im Bett, schlafen und träumen von ihren tollen Nächten. Ach“, sie verdrehte die Augen, „so würde ich auch gerne leben.“

Ada lächelte nachsichtig. „Stimmt doch gar nicht“, sagte sie. „Du wirst doch abends um neun Uhr schon todmüde. Wenn du nicht deine zehn Stunden Schlaf bekommst, ist mit dir doch nichts los.“

Nadine wusste, dass Ada eigentlich Recht hatte. Trotzdem hätte sie gerne noch ein bisschen in den Träumereien über ein ganz anderes Leben geschwelgt, ein aufregendes, etwas verruchtes Leben, in dem man sich in dunklen Andeutungen über die Liebe erging ...

An diesem Märztag saßen sie am Fenstertisch im *Eboli*, schlürften ihren Cappuccino – Ada hatte ihn mit drei Stück Würfelzucker gesüßt – und schauten gelangweilt den Passanten zu, die auf dem Bürgersteig vorbeihasteten.

„Überhaupt keine witzigen Typen dabei“, stellte Nadine fest. „Ich glaube, wir müssen auswandern, Ada. Unter diesen Bleichgesichtern finden wir nie die große Liebe.“

„Ich denke, wir sind unsterblich in Gianni verliebt“, sagte Ada. „Was brauchen wir da noch die große Liebe?“

„Stimmt“, sagte Nadine. „Wir haben ja Gianni!“

Wie auf Kommando schauten sie sich zur Theke um, wo Gianni gerade mit einem jungen Mädchen flirtete. Als

Gianni ihren Blick bemerkte, hob er den Kopf und winkte zu ihnen herüber. „Ciao, care!“, rief er.

Nadine und Ada wurden ein bisschen rot und drehten sich wieder um.

„Der Gianni ist ein blöder Typ“, sagte Nadine schließlich. „Der macht sich doch an jede Frau ran, egal ob jung, ob alt, ob dick, ob dünn.“

„Er hat eben Chancen“, sagte Ada. „Und er weiß es. Glaubst du, die hätten ihm sonst die Rolle in dem Fernsehfilm gegeben?“

Gianni, der Besitzer des italienischen Cafés und zweier Kinos in der Nähe, war tatsächlich Fernsehstar. Ein Münchner Regisseur hatte ihn für eine Vorabendserie verpflichtet, und seit der Ausstrahlung der ersten Folge hatte Gianni, wie er jedenfalls behauptete, mindestens vierhundert Liebesbriefe bekommen. Davon fünfundvierzig Heiratsanträge. Sogar eine Millionärin habe ihn eingeladen, erzählte er. Sie wolle unbedingt Ferien mit ihm in ihrer Villa auf Mallorca verbringen.

Seitdem, meinte Nadine, war Gianni total abgehoben. Er benahm sich, als sei er der Bruder von Robert Sanders und ein Freund von Kowalski. Er fühlte sich unwiderstehlich. Jedenfalls kannten Ada und Nadine viele Mädchen, die das genauso empfanden. Ada und Nadine hatten längst festgestellt, dass der Cappuccino in anderen Cafés besser war, aber hier waren sie ihrem Schwarm ein bisschen näher, und wenn sie dann nach Hause gingen, stellten sie sich vor, wie es wäre, wenn sie einmal von Gianni eingeladen würden in seine Wohnung, eine Penthouse-Wohnung im achtzehnten Stock des neuen Hochhauses an der Peterstraße.

„Bestimmt ist er total cool eingerichtet", sagte Nadine schwärmerisch, „weiße Ledersofas und Glastische und so. Tolle Lampen. Dass er Geschmack hat, merkt man ja am Café. Ich wette, er schwärmt auch für unsere Musik. Er hat wahrscheinlich eine tolle Stereoanlage und auf dem Boden flauschige Teppiche und überall Kissen ..."

„... und in seinem Schlafzimmer ein Himmelbett", fügte Ada hinzu.

Nadine, die genießerisch die Augen geschlossen hatte, schaute Ada an. „Glaubst du, solche Männer haben ein Himmelbett? Ich weiß nicht, so ein romantischer Typ ist das nicht. Der macht mehr auf cool, glaub ich, auf ‚Macho'."

„Und was genau ist ein ‚Macho'?", fragte Ada.

„Na, du weißt schon. So einer, der immer die Muskeln spielen lässt, so ein nachgemachter Sylvester Stallone. Einer, der möchte, dass alle Mädchen seinen eisenharten Bizeps anfassen und dann vor Verzückung die Augen verdrehen." Sie lachte plötzlich laut los. „Total bescheuert, oder nicht? Also, wenn ich mir vorstelle, ich müsste so einen Typen ständig anhimmeln – ich würde mir vollkommen idiotisch vorkommen."

„Hohl", sagte Ada. „Solche Mädchen sind doch hohl."

„Genau. Ich kann so dämliche Gänse nicht leiden, die immer nur schön sind und Schmollmündchen machen und zu blöde sind, einen gescheiten Satz herauszubringen."

„So werden wir nie", sagte Ada. „So oberflächlich."

Nadine lächelte. „Nie", beteuerte sie. „Denn der Mann, der so toll ist, dass wir uns in ihn richtig verlieben können, der ist überhaupt noch nicht geboren."

„Dann wird es aber Zeit", meinte Ada. „Sonst liegt er immer noch in seinem Strampelanzug, wenn ich mit der Schule fertig bin."

Die beiden lachten, bis ihnen die Tränen kamen.

Plötzlich sagte Nadine: „Du, Ada, aber irgendwie toll muss es trotzdem sein."

„Was?", fragte Ada.

„Na, verliebt sein! Jemanden haben, mit dem man schmusen kann. Jemanden, der seinen Arm um einen legt und ganz zärtlich ist. Und für alles Verständnis hat."

Ada runzelte die Stirn. Sie schaute Nadine vorwurfsvoll an. „Du hast doch mich", sagte sie.

„Stimmt. Aber mit uns beiden, das ist doch etwas ganz anderes. Das lässt sich doch nicht mit der Beziehung zu einem Jungen vergleichen. Ich möchte zu gern wissen, wie das ist, richtig verliebt zu sein." Sie schaute Ada eindringlich an. „Du nicht?"

Ada drehte mit den Fingern eine Haarsträhne zur Schillerlocke und ließ sie wieder aufspringen. „Na ja, ich weiß nicht ...", sagte sie zögernd.

„Ach komm, Ada, wir haben doch schon so oft darüber geredet, wie es wohl so ist", erwiderte Nadine und knuffte sie in die Seite. Ada schob ihr Fahrrad, auf das Nadine ihren Einkaufskorb geklemmt hatte. Nadine sollte noch Einkäufe erledigen; ihre Mutter wollte Janka nach der Operation nicht alleine lassen. Aber beide hatten die Einkäufe völlig vergessen. Sie schlenderten durch den Park, und vielleicht lag es an der Sonne, die eben durch die Wolkendecke brach, dass sie plötzlich so viel an die Liebe denken mussten.

„Im Frühling", sagte Ada plötzlich, „kommt einem immer so etwas in den Sinn. Komisch, nicht?"

„Ich finde es nicht komisch", antwortete Nadine. „Ich finde es vollkommen normal." Sie hielt ihr Gesicht der Sonne entgegen, breitete die Arme aus und rief plötzlich in die Baumkronen: „Ich möchte so gerne verliebt sein!"

Ein paar junge Frauen, die ihre Babys durch den Park fuhren, schauten sich nach Nadine um. Einige lächelten, andere schüttelten missbilligend den Kopf.

„Nadine!", sagte Ada scharf. „Du bist total übergeschnappt."

Nadine lachte. Sie hängte sich bei Ada ein. „Lass mich doch. Ich träum eben gern von so was ... Soll ich dir ein Geheimnis verraten?"

„Na klar", sagte Ada. „Wir verraten uns doch immer unsere Geheimnisse."

Nadine nickte. „Aber du darfst mich nicht auslachen."

„Ich lach dich doch nie aus."

„Okay, okay. Ich weiß."

„Sag dein Geheimnis."

„Also", erklärte Nadine, „ich hab heute Morgen geträumt, dass ich mit Gutenberg eine Reise mache ..."

„Mit Gutenberg?", rief Ada. Sie blieb stehen. „Unserem Deutschlehrer?"

Nadine nickte. Sie wurde ein bisschen rot. „Du weißt doch, dass ich ihn ziemlich toll finde. Er hat so eine sanfte Stimme, und neulich, als er das Liebesgedicht von Heine vorgelesen hat, da ist mir richtig komisch geworden. Da bin ich richtig eifersüchtig auf seine Frau geworden, der er wahrscheinlich immer so schöne Liebesgedichte vorliest."

„Das ist nicht dein Ernst", sagte Ada.

„Doch. Mein totaler Ernst. Jedenfalls waren Gutenberg und ich – dass seine Frau nicht dabei war, kannst du dir ja vorstellen – irgendwo am Meer. Wir sind am Strand spazieren gegangen. Unheimlich schön!, sag ich dir. Das Meer, die Schaumkronen, die Möwen, der weiße Sand. Gutenberg hat irgendetwas erzählt, er hatte seinen Arm um mich gelegt, und wir liefen gegen die Sonne. Weißt du, ich hatte richtige Sternschnuppen in den Augen ... Und dann hat er sich plötzlich zu mir gedreht, hat mir in die Augen gesehen und gesagt: ‚Weißt du eigentlich, dass ich dich schon seit Ewigkeiten liebe, Nadine?'"

Ada starrte Nadine an. Sie war stehen geblieben.

Nadine schaute in den Himmel, als sie weiterredete.

„Und dann habe ich ihm auch meine Liebe gestanden, und wir haben uns in den Sand gesetzt, und er hat mich an sich gezogen und mir einen langen Kuss gegeben. Es war so unheimlich schön ... Ich war ganz durcheinander, weißt du ... Ich bin zwar aufgewacht, als der Wecker geklingelt hat, aber ich hab gedacht, schnell weiterschlafen, schnell weiterträumen, es soll nicht aufhören ..."

Sie sah Ada an und hob lächelnd die Schultern. „Jetzt weißt du, warum ich verschlafen habe."

Ada brauchte einen Augenblick, bis sie sich gefangen hatte. Dann lächelte sie auch. „Ich finde Gutenberg auch den tollsten Lehrer an unserer Schule", sagte sie schließlich. „Ich hab auch schon mal geträumt, er würde uns auf einer Klassenreise begleiten."

„Ja?", fragte Nadine neugierig. „Und dann?"

„Und dann hab ich mir den Knöchel verstaucht, als wir über einen kleinen Bach springen mussten, und er hat mich auf seinen Armen in die Jugendherberge zurückgetragen."

Nadines Augen leuchteten. „Toll", sagte sie. „Ich sehe,

wir verstehen uns." Sie umarmte Ada und flüsterte: „Ich gönn ihn dir, weil du meine Freundin bist! Wenn du von ihm träumst, dann macht mich das kein bisschen eifersüchtig. Und wie geht es dir?"

„Mir?", fragte Ada. Sie zögerte. Dann schüttelte sie den Kopf. „Mich macht es auch nicht eifersüchtig", antwortete sie schließlich. Und sie war sicher, dass sie es ehrlich meinte.

Vier Tage später, genau am Tag des Frühlingsanfangs, wurde Ada krank. Ihr Hals tat weh beim Schlucken, beim Sprechen und auch, wenn sie sich überhaupt nicht bewegte. Ihr Kopf fühlte sich glühend heiß an, und als sie morgens aufstehen wollte, tat ihr der Kopf so weh, dass sie sich sofort wieder in die Kissen zurückfallen ließ.

Ada wartete, bis ihre Mutter wie üblich ins Zimmer kam, um zu kontrollieren, ob sie auch aufgestanden war.

„Mami", sagte sie kläglich. „Kannst du mal das Thermometer holen? Ich glaube, ich hab die Grippe oder so was. Mir ist ganz komisch."

Adas Mutter, noch im Bademantel, den Kopf voller Schaumwickler, setzte sich zu ihr ans Bett und legte ihre kühle Hand auf Adas heiße Stirn.

„Ich hab dich heute Nacht bereits husten hören", sagte sie, „da schwante mir schon Übles."

„Hab ich gehustet?", fragte Ada überrascht. „Kann ich mich gar nicht erinnern. Ich dachte, ich hab tief geschlafen. Ich hatte nur so blöde Träume. Mein Hals tut auch so weh. Hast du Lakritzen oder so was für mich?"

„Ich mach dir eine heiße Milch mit Honig und Zitrone", sagte Adas Mutter, „und dann bring ich dir das Thermometer. Auf jeden Fall kannst du heute nicht in die Schule. Das sehe ich schon ohne Thermometer."

Obwohl Ada sich wirklich krank fühlte, genoss sie die Vorstellung, dass sie nun den ganzen Tag im Bett bleiben und sich umsorgen und verwöhnen lassen konnte wie früher, als sie noch klein war. Im Pflegen von Kranken war ihre Mama unschlagbar, fand Ada, beinahe so, als wäre sie eine gelernte Krankenschwester. Dabei war Adas Mutter Schneiderin. Jetzt arbeitete sie nur noch halbtags, in einer Schneiderei, die einen Vertrag mit einem exklusiven Modehaus hatte. Manchmal brachte sie Stoffproben von besonders edlen Kleidern mit, und dann sagte sie zu Ada: „Wenn du groß bist, dann wirst du auch einmal solche Kleider tragen. Das möchte ich zu gerne erleben! Aber dazu gehört erst einmal, dass du einen guten Schulabschluss machst und eine anständige Ausbildung bekommst. Ohne eine gute Ausbildung hat der Mensch heute keine Zukunftschancen mehr. Und das gilt für Mädchen genauso wie für Jungen."

Ada schwieg immer, wenn ihre Mutter ihr einen Vortrag hielt. Sie sagte nicht ja noch nein, es war ihr einfach egal. So wie ich aussehe, dachte sie, werde ich solche Ballkleider noch lange nicht tragen. Und sie konnte sich auch nicht recht vorstellen, bei welcher Gelegenheit man diese Sachen trug. Aber ihre Mama war nun einmal so. Sie wollte, wie sie sagte, das Beste für ihre Kinder. Deshalb hatte sie auch darauf bestanden, dass ihr Frank, Adas sechzehnjähriger Bruder, eine Banklehre machte.

„Banken", sagte die Mutter, „wird es immer geben. Und Leute, die wissen, wie man mit Geld umgeht und mit Aktien und Börsenkursen und dergleichen, die werden immer gesucht sein. Eines Tages wirst du vielleicht Filialleiter von unserer Sparkasse. Wenn du so weit bist, wird Herr Paulsen bestimmt gerade pensioniert." Herr Paulsen war der Leiter der Sparkasse, bei der Hamanns ihr Konto hatten.

Frau Hamann brachte Ada ein Tablett, auf dem die heiße Milch stand, ein Glas frisch gepresster Orangensaft und eine Scheibe Weißbrot, von dem die Kanten weggeschnitten waren. „Die Brotkanten kratzen in deinem Hals", sagte sie. „Du musst jetzt etwas Weiches, Sanftes essen. Heute Mittag, wenn ich von der Arbeit komme, koche ich dir einen Pudding und frisches Apfelmus. Du wirst sehen, wie das rutscht!"

Ada lächelte. Sie fühlte sich matt, aber auch irgendwie ganz zufrieden. „Wenn einer von uns krank ist", sagte sie, „dann bist du immer so süß, Mama. Aber sonst kannst du einen ganz schön scheuchen."

Adas Mutter lächelte. „Ich will halt, dass aus euch was wird", sagte sie. „Ich mag keine Kinder, die nur daheim rumhängen, die ganze Abende vor dem Fernseher hocken und einen Horrorfilm nach dem anderen anschauen."

„Ich schau mir doch keine Horrorfilme an", sagte Ada.

„Aber Frank. Wenn ich nicht aufpasse, würde der immer nur mit Vaters Videokassetten rumspielen. Aber er soll lernen. Er soll sich weiterbilden. Rumgammeln kann er, wenn er was erreicht hat."

Ada trank vorsichtig die heiße Milch. Es tat höllisch weh. „Und du", sagte ihre Mutter, „du hängst den ganzen Tag mit der Nadine herum. Ihr steckt eure Köpfe zusammen, tuschelt und kichert wie die Backfische, plappert in einer Tour, aber ich wette, nicht ein einziges Mal redet ihr was Gescheites."

„Das weißt du doch überhaupt nicht! Wie kannst du so etwas behaupten!“, protestierte Ada so heftig, dass sie einen Hustenanfall bekam.

Die Mutter klopfte ihr sanft den Rücken. „Reg dich nicht auf, Kleines“, sagte sie gutmütig. „Du weißt doch selbst am besten, worüber ihr so redet. Was wird es schon sein. Dasselbe, worüber wir früher als junge Mädchen geredet haben. Thema Nummer eins ist sicher die Liebe und noch mal die Liebe.“

„Überhaupt nicht wahr!“, rief Ada. Sie bekam einen roten Kopf.

„Nicht aufregen, sonst musst du wieder husten.“ Frau Hamann erhob sich. Sie trug jetzt einen engen dunkelblauen Rock und eine schöne Seidenbluse. Dazu die Perlenkette, die Adas Vater ihr zum Hochzeitstag geschenkt hatte. Ada fand, dass ihre Mutter viel hübscher war als sie. „Ich muss unbedingt zehn Kilo abnehmen“, sagte sie, als sie ihre schlanke Mutter anschaute. „Glaubst du, dass man vom Fieber dünner wird?“

„Am leichtesten“, antwortete Frau Hamann freundlich, „kann man seinen Speck loswerden, wenn man aufhört, immerzu Süßigkeiten und Nüsse und so Zeug zu knabbern.“ Sie gab Ada einen kleinen Kuss auf die Stirn. „Aber mach dir keine Sorgen. Wir mögen dich so, wie du bist. Ein bisschen Babyspeck ist doch ganz süß. Erwachsen wirst du schon schnell genug. Mir gefällst du besser als Nadine.“

„Besser?“, fragte Ada ungläubig. „Besser als Nadine? Aber Nadine ist das schönste Mädchen, das ich kenne!“

„Schon möglich“, sagte Frau Hamann leichthin. „Aber sie ist auch ein bisschen frühreif. Oder findest du nicht?“

Ada schüttelte heftig den Kopf, konnte aber nichts sagen.

„Jedenfalls habe ich schon manchmal gedacht, dass sie vielleicht mehr an deinem Bruder Frank interessiert ist als an dir“, fügte Frau Hamann hinzu. „Selbst deinem Vater ist nicht entgangen, dass sie ihm immer schöne Augen macht.“

„Frank?“ Ada lachte. „Das glaubt ihr doch selber nicht! Der Frank ist doch nicht die Bohne an Nadine interessiert! Du weißt doch, wie er ist. Er liebt die reifen Frauen, wie er das nennt. Auf gut Deutsch heißt das: eine, die Geld hat und die ihn ins Kino und zum Essen einlädt, in solche Restaurants, die er sich von seinem Lehrlingsgehalt nicht leisten kann.“

Frau Hamann nickte. „Stimmt“, sagte sie. „Und deshalb wäre es für alle Beteiligten ganz gut, wenn du Nadine das klarmachen könntest, bevor es zu Komplikationen kommt.“

Sie ging aus dem Zimmer, ließ aber die Tür angelehnt.

„Aber was denn für Komplikationen?“, rief Ada ihr hinterher. „Es ist doch alles paletti bei uns!“

Die Stimme ihrer Mutter kam von ganz weit weg. „Dann ist es ja gut“, sagte sie, „wenn du so sicher bist.“

Ada fiel erschöpft auf ihre Kissen zurück. Wie durch einen Nebel hörte sie ihre Mutter, die im Zimmer hantierte, ihr Bett aufschüttelte, das Fenster öffnete und es nach einer Weile wieder schloss. Sie hörte, wie der Geschirrspüler in der Küche ansprang und ihr Vater sich im Badezimmer rasierte.

Dann, als sie die Augen wieder öffnete, hatte sich ihre Mutter über sie gebeugt. „Du hast fast neununddreißig

Grad Fieber", sagte sie. „Bleib ganz ruhig im Bett, ja! Du musst schön zugedeckt liegen und tüchtig schwitzen. Ich geh beim Arzt vorbei und lass mir etwas für dich verschreiben. Um halb zwei bin ich wieder da. Schlaf schön, mein Kleines."

Ada nickte schwach. Sie schloss die Augen, weil das Gesicht ihrer Mutter sich wie ein ganz langsames Karussell vor ihren Augen drehte.

Dann schlug die Haustür zu und Ada fiel in einen fiebrigen, von Träumen geschüttelten Schlaf.

Sie träumte, dass Frank und Nadine Arm in Arm eine Straße hinuntergingen und dass sie versuchte, ihnen zu folgen. Sie schrie immerzu ihre Namen, aber die beiden hielten nicht an. Nur einmal drehte Frank sich zu ihr um und grinste.

„Was willst du?", rief er. „Du bist doch noch viel zu klein! Du bist nicht wie Nadine. Nadine ist frühreif. Du hast ja gehört, was Mama gesagt hat. Und ich mag frühreife Frauen."

Ada wollte hinstürzen und ihn ins Gesicht schlagen, aber als sie ihre Arme heben wollte, wurde sie von einem Hund angefallen, der sich an ihrer Hand festbiss.

Schweißgebadet wachte sie auf. An der Haustür klingelte es Sturm. Ada drehte mühsam den Kopf und schaute auf die Uhr. Viertel vor eins. Sie schlug die Decke zurück, nahm den Bademantel, den ihre Mutter ihr fürsorglich über die Stuhllehne gelegt hatte, und ging mit weichen Beinen zur Haustür.

Draußen stand Nadine. Ihr Gesicht war vor Besorgnis ganz weiß. Sie atmete so heftig, als sei sie den ganzen Weg von der Schule bis hierher gerannt.

„Ada!“, keuchte Nadine. „Was ist los? Warum warst du nicht in der Schule?“

Sie sah, dass Ada schwankte und sich an der Tür festhalten musste. Im letzten Moment fing Nadine sie auf. „Ada!“, rief sie. „Um Himmels willen! Komm schnell, ich bring dich wieder ins Bett. Werd bloß nicht ohnmächtig! Ada, hörst du, nicht ohnmächtig werden.“

„Ich werd schon nicht ohnmächtig“, flüsterte Ada mit schwerer Zunge. „Aber du musst mir versprechen, dass du nicht mit Frank einfach weggehst, wenn ich krank bin. Ja?“

Nadine führte Ada in ihr Zimmer zurück und half ihr, den Bademantel auszuziehen und ins Bett zu gehen.

„So“, sagte sie erleichtert, als Ada wieder friedlich unter der Bettdecke lag. „Das hätten wir. Mann, du hast mir vielleicht einen Schock eingejagt! Fällst mir beinahe vor die Füße! Was hast du denn?“

„Fieber“, sagte Ada. Das Sprechen strengte sie noch mehr an als am Morgen. Und ganz tief in ihrer Brust spürte sie einen Hustenreiz, der aber irgendwie nicht nach oben kam. „Und Halsschmerzen ... und ... Husten. Grippe oder so was. Besser, du gehst wieder heim. Sonst steck ich dich noch an.“

Nadine zögerte. Schließlich sagte sie: „Lust habe ich keine. Aber du hast Recht. Wir sollten aufpassen. Kann ich irgendwas für dich tun? Willst du was trinken? Oder soll ich dir eine Apfelsine schälen? Oder vielleicht setze ich mich einfach ans Fenster, schön weit weg von dir, und erzähl dir, was heute in der Schule so los war.“

Ada schüttelte den Kopf. Sie bekam schon Kopfschmerzen vom Zuhören. „Lieber morgen“, sagte sie. „Heute geht es mir nicht gut. Lieber morgen.“

„Okay, okay." Nadine zog sich folgsam zurück. An der Tür aber blieb sie stehen und fragte: „Sag mal, was sollte denn der Blödsinn mit Frank? Meinst du vielleicht deinen Bruder? Und wieso soll ich mit dem abhauen? Ausgerechnet mit deinem Bruder, der die Nase so hoch trägt, dass er mich überhaupt nicht sieht? War das ein Witz oder ein Fieberanfall oder was?"

Ada lächelte. Sie fühlte sich plötzlich richtig wohl. „Vergiss es", sagte sie. „War nur Blödsinn."

Nadine warf Ada eine Kusshand zu. „Ciao! Ich ruf heute Abend mal bei deiner Mami an und frag, wie's dir geht und ob ich irgendwas helfen kann. Okay?"

Ada schloss die Augen und schlief augenblicklich ein.

Nadine trödelte zu Hause herum. Sie legte eine Platte auf, aber schon nach wenigen Augenblicken stellte sie den Plattenspieler missmutig wieder ab. Für eine kurze Weile war sie mit ihrem Strickzeug beschäftigt, einem Sommerpulli aus blassrotem Baumwollgarn, an dem sie schon letztes Jahr gestrickt hatte, aber auch dazu reichte ihre Laune nicht lange. Sie ging in die Küche zu ihrer Mutter und strich so lange unlustig herum, bis Frau Fröhlich sagte: „Was ist eigentlich mit dir los, Nadine? Du machst einen richtig schlecht gelaunten Eindruck. Wenn du dich langweilst, kannst du mir helfen, die Wäsche einzusprengen. Ohnehin ist das meiste Zeug von dir. Sag mal, wie schaffst du es eigentlich, in einer Woche so viele Blusen schmutzig zu machen?"

„Ich weiß auch nicht", maulte Nadine, „ich hatte eben Lust auf Blusen. Soll doch Frühling werden. Die Pullis hängen mir zum Hals raus." Sie kniete neben dem Hundekorb und kraulte die Hündin, die ihr dankbar die Hand leckte. „Glaubst du, dass ich mit ihr schon einen Spaziergang machen kann? Oder hat der Tierarzt das verboten?"

Erstaunt sah Frau Fröhlich ihre Tochter an. „Sag mal, was ist mit dir los? Du willst mit Janka spazieren gehen? Das ist ja das erste Mal seit Jahren, dass du so einen konstruktiven Vorschlag machst. Du musst dich ja unheimlich langweilen, wenn du auf solche Ideen kommst."

Nadine brummte nur. Sie kraulte Jankas Kopf.

„Wo ist denn Ada heute?", fragte Frau Fröhlich. „Wieso seid ihr nicht zusammen? Ihr seid doch sonst so unzertrennlich."

„Ada ist krank", sagte Nadine missmutig. „Sie hat die Grippe oder so was. Über neununddreißig Fieber. So ein Mist! Ausgerechnet heute! Wir wollten zusammen für die Bioarbeit lernen, die morgen fällig ist."

„Dann musst du wohl oder übel alleine pauken."

„Aber dazu habe ich keine Lust! Allein für eine Arbeit zu pauken, ist blöd. Außerdem wollte Ada mir beim Armausschnitt für meinen Pulli helfen. Ich weiß nicht, wann ich abnehmen muss. Ada kann unheimlich toll stricken."

„Weiß ich", sagte Frau Fröhlich. „Ada ist ein geschicktes Mädchen. Bestimmt hat sie das von ihrer Mutter geerbt. Ich wünschte, du hättest auch ein paar von diesen Talenten."

Nadine verdrehte die Augen. „Bitte keine Standpauke", sagte sie. „Ich weiß ja, dass ich viel mehr machen müsste. Aber ich hab eben im Moment keinen Bock."

Frau Fröhlich betrachtete ihre Tochter. „Wenn man dich so beobachtet", sagte sie, „dann hat man das Gefühl, als ob du bis zum Hals in Problemen stecktest. Mein armer Schatz. Hast du Liebeskummer?"

Nadine hob den Kopf. „Liebeskummer? Ich? Wie kommst du denn auf *die* Idee?"

„Ich dachte nur." Nadines Mutter hob lächelnd die Schultern. „In deinem Alter ist so etwas normal, habe ich mir sagen lassen. Hast du dich vielleicht verliebt?"

Nadine zog verächtlich die Mundwinkel herunter. „In wen soll ich mich schon verlieben können? Die Typen sind doch alle gleich blöd. Und die, die man toll finden würde, die schauen einen nicht an, weil sie einen noch für ein Baby halten. Außerdem: Wenn ich mich verliebt hätte, würde ich es dir bestimmt nicht sagen."

„Und wieso nicht, wenn ich fragen darf?"

„Weil Mütter sich immer über so was lustig machen. Weil Mütter immer vergessen, wie es ihnen gegangen ist, als sie so jung waren wie ihre Töchter. Über meine Liebe würde ich nur mit Ada sprechen. Weil Ada wie eine Schwester ist und alles versteht."

Frau Fröhlich lächelte. „Wie gut, dass du immer alles im Voraus weißt. Ihr seid wirklich herzig, ihr zwei. Man könnte meinen, dass eine ohne die andere nicht existieren kann."

„Wie bei eineiigen Zwillingen", erklärte Nadine. „So ist das nun mal. Ich glaub, ich ruf mal eben bei Hamanns an und frage, wie es Ada geht. Vielleicht kann sie ja morgen schon wieder in die Schule kommen."

Zwei Minuten später war Nadine zurück. Ihre Mutter hatte die eingesprengte Wäsche inzwischen in den Korb zurückgelegt. „Das muss dein Vater nachher mit dem Wagen zur Heißmangel bringen", sagte sie. „Und wie geht es Ada?"

Nadines Gesicht hatte sich noch mehr verfinstert.

„Schlecht", erwiderte sie. „Der Arzt musste kommen. Er hat gesagt, sie hat eine Angina und er weiß nicht, wie lange es dauert."

Mitfühlend nahm Frau Fröhlich ihre Tochter in den Arm. „Du Arme. Jetzt tust du mir wirklich Leid." Sie strich Nadine über das Haar und lächelte ein bisschen. „Und ich tue mir auch Leid. Denn das werden ja auch für mich ganz schreckliche Tage werden, mit so einer schlecht gelaunten Tochter."

Nadine saß in ihrem Zimmer, an dem kleinen Schreibtisch unter dem Fenster, von dem aus man auf den Spielplatz eines Kindergartens schauen konnte, und schrieb einen Brief.

Ada, Liebste,
es tut mir so schrecklich Leid, dass du krank bist! Ich hoffe, du hast nicht mehr so schlimme Halsschmerzen und dein Kopf tut bald überhaupt nicht mehr weh. Deine Mama sagt, in drei Tagen kann ich dich wieder besuchen. Ich zähle schon die Stunden: Wenn ich um zwei Uhr nach der Schule komme, dann sind es nicht einmal mehr siebzig Stunden. Gar nicht so schlimm, oder? Dabei ist mir klar geworden, dass wir im letzten Jahr praktisch jeden Tag zusammen waren, bis auf die zwei Wochen, wo ich mit den Eltern in Jugoslawien war. Sogar Weihnachten! Weißt du noch, wie wir Heiligabend in die Christmette gegangen sind, um Mitternacht? War doch echt romantisch bei dem Schnee, oder? Und am ersten Weihnachtstag der Punsch bei dir im Zimmer, das war auch toll. Sogar dein Bruder Frank hat sich gnädig herabgelassen, uns Gesellschaft zu leisten. Das war ja echt komisch, wie du mir heute Mittag das von Frank erzählt hast. Kann ja sein,

dass er ein Typ ist, auf den die Mädchen fliegen. Aber ich glaube, er ist ganz schön arrogant. Er bildet sich ziemlich viel auf seine Schönheit ein, und auf seine Klamotten, Flanellhosen, Jackett, Krawatte und so weiter. Neulich habe ich ihn gesehen, wie er mit seiner Aktenmappe aus der Straßenbahn gestiegen ist – sah echt stark aus, wie in einem Werbespot für junge Aufsteiger. Ich hab mich richtig amüsiert. Aber sag ihm das bloß nicht, sonst bildet er sich noch was drauf ein! Ich sitze hier rum und starre Löcher in die Decke. Ich sollte für Bio pauken, habe aber einfach keine Lust. Du hast Glück, dass du diese mistige Arbeit nicht mitschreiben musst. Mich interessiert die Umwandlung von Chlorophyll in Sauerstoff kein bisschen, sag ich dir. Hauptsache, es ist immer genug da, dass ich atmen kann. Aber das scheint ja heutzutage auch nicht mehr sicher zu sein ..., na egal. Ich höre gerade eine alte Platte von Cat Stevens, der hat vielleicht Ausstrahlung in seiner Stimme! Ich könnte mir vorstellen, dass er unheimlich zart zu Frauen ist, lieb und romantisch. So stelle ich mir überhaupt eine Beziehung mit einem Jungen vor, romantisch und zärtlich, und nicht so unterkühlt, wie sich die Jungen immer geben, die wir so kennen. Oder was meinst du?

Hier ist alles total öde. Alles nervt mich heute. Meine Mutter hat mir noch den Rest gegeben, obwohl sie es wahrscheinlich gut gemeint hat! Manchmal glaube ich, dass die Eltern regelrecht eifersüchtig sind auf unsere Freundschaft. Ich habe gesagt, du bist für mich wie eine richtige Schwester, eine ganz tolle Schwester. Bist du ja auch. Mensch, Ada, werd bloß schnell gesund, damit dieses öde Leben aufhört. Wahrscheinlich habe ich heute auch so einen seelischen Durchhänger, weil ich meine Tage bekommen habe. Dann ist meine Laune immer am Boden. Woher das wohl kommt? Ich hab mal gelesen, dass das mit den Hormonen zusammenhängt. Aber wieso eigentlich? Darüber sollten wir in Bio mal was lernen, das wäre wirklich etwas Lebensnahes. Aber die Jungen in unserer Klasse sind wohl noch zu klein, die dürfen darüber nichts wissen. Ehrlich, mit „unseren" Jungen ist doch überhaupt nichts los. Die kommen mir vor wie so richtig naive kleine Milchbubis mit ihren grässlichen Pubertätspickeln und ihrem Angebergehabe.

Wir hingegen ...!!!

Übrigens, Ada, mach dir bloß nicht so viele Gedanken, weil dein Busen nicht so schnell wächst, wie du dir das vorgestellt hast. Du bist eben ein anderer Typ als ich. Meine Mutter sagt das auch, es gibt früh entwickelte und spät entwickelte Mädchen.

Dass ich schon so viel Busen habe, das hat mir bestimmt meine Großmutter vererbt. Du hast doch das Foto von ihr gesehen, in diesem geschnürten Kleid, na, ich sage dir – wenn ich später so einen Busen kriege, dann muss ich ja einen BH Größe 8 oder so was tragen. Findest du das etwa schön? Ich schätze, das ist höchstens hinderlich. Schließlich will ich keine Amme werden.

Sei du bloß froh, dass du ein anderer Typ bist. Du entsprichst sowieso viel eher dem heutigen Schönheitsideal, schau doch mal in die Modezeitschriften, das sind alles eher sportliche Mädchen, keine Kurvenstars. Dein Typ ist heute viel mehr gefragt als meiner. Ich finde, dass ich richtig altmodisch aussehe; wahrscheinlich werde ich mir irgendwann mal die Haare kurz abschneiden. Jetzt weißt du's: Du siehst unheimlich toll aus, und wenn ich ein Junge wäre, würde ich mich sofort in dich verlieben.

So, Adalein, überübermorgen besuche ich dich! Ich bring dir auch was Schönes mit. Ich weiß bloß noch nicht, was. Muss mir noch etwas Tolles einfallen lassen. Du sollst Augen machen ...

Ich umarme dich innig!

Deine eineiige Zwillingsschwester Nadine

PS: Ich lauf gleich los und steck den Brief bei euch in den Kasten, dann hast du eine kleine Freude. Hoffe ich wenigstens.
N.

Am nächsten Abend, als Nadine mit ihren Eltern vor dem Fernseher saß und die Nachrichten der Tagesschau mit gelangweiltem Gesicht verfolgte, sagte ihr Vater plötzlich: „Nadine, morgen könntest du mir einen Gefallen tun."

„Mhmh", brummte Nadine. Eben war auf dem Bildschirm die Wetterkarte aufgetaucht, und das Einzige, was Nadine an den Nachrichten interessierte, war das Wetter. Politik fand sie gähnend langweilig, überhaupt kannte sie die meisten Länder, aus denen berichtet wurde, überhaupt nicht. Winzige Staaten in Afrika, in Lateinamerika oder irgendwo in Asien – wen interessierte es schon, ob sich die Leute da gegenseitig die Köpfe einschlugen? Aber das Wetter hier in Deutschland, besonders im Raum München, das war schon etwas anderes. Nadine liebte die Sonne; sie war, fand sie, überhaupt kein Wintermensch, sondern durch und durch ein Sommermensch. Ihretwegen müsste es so etwas wie Jahreszeiten überhaupt nicht geben. Wäre doch herrlich, wenn es immerzu warm wäre, man draußen im See oder im Schwimmbad baden könnte, abends in einem Biergarten sitzen oder am Ufer der Isar mit Ada von der Zukunft träumen, während ein paar Meter weiter ein Typ saß und sehnsüchtige Lieder auf der Gitarre zupfte. So stellte Nadine sich das Leben vor, nicht wie dieses Maulwurfdasein, das die Deutschen während der langen Wintermonate führen mussten.

Der Mann mit dem seriösen Gesicht schaute vom Bildschirm direkt auf Nadine herab, die es sich zwischen einem

Haufen Sofakissen auf dem Fußboden bequem gemacht hatte, und sagte: „Nur für den süddeutschen Raum, meine sehr verehrten Damen und Herren, sieht es morgen etwas freundlicher aus. Im Laufe des Tages wird das norditalienische Hoch bis nach Bayern vordringen und hier für einen sonnigen, mäßig warmen Frühlingstag sorgen. Vielleicht werden vereinzelt sogar schon die ersten Forsythien aufblühen."

„Na endlich", murmelte Nadine. „Wurde ja auch langsam mal Zeit."

„Hast du überhaupt gehört, dass ich mit dir geredet habe?", fragte Nadines Vater. Er beugte sich vom Sofa herunter und zog seine Tochter an den Füßen. „Hey, Mädchen, ich rede mit dir."

Nadine drehte sich um. Die Haare fielen ihr wie ein dichter Vorhang vor die Augen.

„Wenn du dir endlich mal eine Spange ins Haar stecken würdest", seufzte Nadines Mutter, die gerade eine Tüte Salzerdnüsse in das Teakholzschälchen schüttete. „Das muss dich doch ganz nervös machen, wenn dir immer die Haare ins Gesicht hängen."

„Überhaupt nicht", sagte Nadine. Sie schleuderte die Haarpracht schwungvoll nach hinten und blickte ihren Vater fragend an. „Also, was hast du gesagt? Ich hab ehrlich nicht zugehört. Ich wollte wissen, wie morgen das Wetter wird."

Nadines Vater steckte sich eine Zigarette an. „Du könntest mal zu meinem Häuschen rüberfahren, morgen Nachmittag so kurz vor fünf. Ginge das?"

„Zu deinem Häuschen?", fragte Nadine. „Was soll ich denn da?"

Vor einigen Jahren hatte Nadines Vater von der Bundesbahn ein kleines Bahnwärterhäuschen an einem Bahnübergang gepachtet. Das Häuschen wurde von der Bahn nicht mehr benötigt, weil der Bahnübergang durch ein automatisches Signal gesichert worden war.

Eigentlich war es eher ein Schrebergartenhäuschen mit einem Stückchen Land, auf dem Nadines Vater wie ein gelernter Gärtner herumwerkelte, Blumen züchtete, aber auch Gemüse zog und Beeren erntete, aus denen Nadines Mutter dann im Sommer Marmelade kochte. Die Eltern verbrachten oft die Samstage und Sonntage in dem Gärtchen, aber Nadine hatte sich im letzten Jahr immer geweigert mitzugehen. Schließlich hatte sie Ada, und mit Ada in der Stadt war es viel lustiger als mit den Eltern im Schrebergarten. Außerdem war es ihr richtig peinlich, dieses Leben – mit Campingtisch und -stühlen, einer Thermos-Kaffeekanne und Butterkuchen –, das die Eltern da führten. „Spießig", sagte Nadine zu Ada. Aber vor ihren Eltern hielt sie den Mund.

„Ich hab das Häuschen sozusagen vermietet", sagte ihr Vater.

Nadine seufzte erleichtert. „Na endlich. Sehr kluge Idee."

„Aber nicht so, wie du meinst", erwiderte Herr Fröhlich. „Ich hab es nur abgegeben, stundenweise. Der junge Mann braucht allerdings einen Schlüssel. Den habe ich ihm heute erst machen lassen. Warte." Er stand auf, ging zur Garderobe, versenkte die Hand in seine Manteltasche und kam mit einem Schlüssel zurück, den er neben Nadine auf den Fußboden legte. „Da ist er. Sag dem jungen Mann, dass er immer schön abschließen soll, ja? Ich hab es ihm zwar eingeschärft, aber man weiß ja, wie die jungen Leute sind, die haben immer tausend andere Sachen im Kopf. Besonders der da." Er schüttelte lächelnd den Kopf. „So einer ist mir wirklich noch nie begegnet. Ein Verrückter. Tatsächlich."

„Und so einem gibst du den Schlüssel zu unserem Häuschen?", fragte Nadine. „Was ist denn in dich gefahren, Papa?"

„Er ist nicht wirklich verrückt, Kind", sagte Frau Fröhlich beruhigend. „Dein Vater meint das im übertragenen Sinne. Er spielt nämlich Trompete."

„Spielen nennst du das? Ich nenne das Fanatismus!", sagte Herr Fröhlich. „Wenn der nicht seine Trompete blasen kann, dann bricht sein ganzes Weltbild in sich zusammen. Dann ist er nur noch ein halber Mensch."

„Muss ja ein komischer Typ sein", sagte Nadine. Sie spürte nicht die geringste Neigung, diesen halben Menschen kennen zu lernen. „Und warum kriegt er nun den Schlüssel?"

„Damit er in dem Häuschen Trompete üben kann. Bei ihm in der Wohnung haben sie es ihm verboten. Die Nachbarn haben sich beschwert. Die haben sich an den Hausbesitzer gewandt, und der hat den Eltern geschrieben. Aber der Junge hat halt immer wieder mal gespielt, und da haben sie ihm per Rechtsanwalt eine einstweilige Verfügung ins Haus geschickt. Wenn er noch einen einzigen Ton in seinem Zimmer spielt, dann fliegt die ganze Familie aus der Wohnung."

„So ein Wahnsinn", sagte Nadine. „Wegen dem bisschen Trompetespielen? Und wenn die Hausfrauen ihren Staubsauger auf volle Lautstärke stellen und damit samstags und

sonntags über den Teppich rauschen, da beschwert sich keiner, wie?"
Frau Fröhlich lächelte. „Das kann man doch nicht vergleichen."

„Und wieso nicht?"

„Das eine ist nötig und das andere ist ein Hobby. Ist doch logisch. Also verbummel den Schlüssel nicht. Der Junge wartet morgen um fünf Uhr vor dem Häuschen. Ich wollte ja selber hingehen, aber ausgerechnet morgen haben wir Sitzung", sagte Herr Fröhlich.

„Schon wieder deine Gewerkschaft?", fragte Frau Fröhlich besorgt. „Hoffentlich regst du dich da nicht wieder so auf wie letztes Mal."

„Natürlich reg ich mich auf. Das weißt du doch. Seit wir diesen neuen Kreisvorsitzenden haben, der glaubt, dass er ..."

Nadine erhob sich. Sie warf die Kissen auf die Sessel zurück, steckte den Schlüssel ein und sagte: „Ich verzieh mich. Ciao!"

„Gute Nacht, Herzchen", sagte Frau Fröhlich.

„Gute Nacht, Kind, und vergiss nicht: der Schlüssel!"

Nadine nickte. „Ich werd's schon nicht vergessen. Ich hab ja morgen eh nichts Besseres zu tun", sagte sie, zog die Wohnzimmertür hinter sich zu und verschwand in ihrem Zimmer.

Kurz bevor Nadine das Bahnwärterhäuschen erreichte, warf sie noch einen Blick auf ihre Snoopy-Uhr. „Mist", entfuhr es ihr, „schon fast halb sechs! Hoffentlich ist der Musikliebhaber nicht schon wieder abgehauen. Dann gibt's Ärger zu Hause." Ihr Vater gehörte zu jenen Menschen, die Pünktlichkeit als Höflichkeit der Könige bezeichneten und sich brüsteten, dass sie noch nie einen Menschen mehr als fünf Minuten hatten warten lassen.

Nun, Nadine hatte diese Charaktereigenschaft nicht geerbt. Sie kam immer zu spät, zur Schule, zur Gymnastik, zum Zahnarzt, selbst zu Adas Geburtstag war sie eine ganze Stunde zu spät gekommen. Und das nur, weil sie sich nicht hatte entscheiden können, was sie anziehen wollte.

Alle Leute, mit denen Nadine es normalerweise zu tun hatte, kannten ihre Macke. Sie zuckten mit der Schulter und sagten: „Die ist eben so. Da kann man nichts machen."

Nur ihre Eltern würden sich nie daran gewöhnen. Ihr Vater bekam immer einen hochroten Kopf, wenn er auf sie warten musste, und überfiel sie dann mit einem Schwall von Vorwürfen über ihre Unzuverlässigkeit und so weiter.

Als Nadine endlich das kleine Holztürchen des Gartenzaunes aufklinkte und sich umsah, wurde es überdeutlich: Der Trompeter war nicht zu entdecken. Offenbar hatte er wohl nicht mehr daran geglaubt, dass einer kommen und ihm den Schlüssel bringen würde. Nadine schimpfte leise vor sich hin. Ratlos sah sie sich um. Nichts deutete darauf hin, dass hier jemand gewartet hatte. In diesem Augenblick donnerte ein Güterzug in zehn Meter Abstand an dem Häuschen vorbei. Die Fensterscheiben klirrten, als würden sie jeden Augenblick aus dem Rahmen fallen. Nadine hielt sich die Ohren zu.

„Hallo!", rief sie. „Ist da jemand?"

Der Garten hatte ungefähr die Ausmaße eines Tennisplatzes und war vollkommen übersichtlich. Es gab einen

Apfelbaum, der im Herbst säuerliche, fleckige Cox-Orange-Äpfel im Überfluss trug, ein paar Beerensträucher, die jetzt im März natürlich noch kahl waren, Blumen- und Gemüsebeete und sonst nichts. Nadine ging einmal um das weiß getünchte Bahnwärterhäuschen herum. Hinten lehnten noch die Bohnenstangen vom letzten Jahr, eine Harke, ein Spaten und eine hochgekippte Schubkarre an der Wand.

Weder von einem Typen noch von einer Trompete war das Geringste zu sehen. Nadine nagte ratlos auf ihrer Unterlippe herum, bis sie blutete. Als sie den ersten Blutstropfen fühlte, bekam sie einen Schreck. „Ich bin wirklich zu blöd", murmelte sie. Vorsichtig tupfte sie mit einem Papiertaschentuch das Blut ab und betrachtete dann mit einem gewissen Gruseln die roten Flecken. Das Tuch gegen ihre Lippe gepresst, ging sie wieder zur Vorderseite des Hauses – und blieb wie angewurzelt stehen. Da stand ein junger Mann. Nadine schätzte ihn auf etwas älter als sie selbst, vielleicht sechzehn oder siebzehn. Er war langbeinig, trug Röhrenjeans, die zwei Handbreit über den Turnschuhen endeten, einen blauen Nicki, der so wirkte, als habe er ihn von seinem jüngeren Bruder ausgeborgt, und eine zu enge abgetragene Lederjacke, deren Ärmel er bis zum Ellenbogen hochgeschoben hatte. In der Hand hielt er einen schwarzen Koffer, der genauso aussah wie ein Koffer, in dem man eine Trompete transportiert. Der Junge hatte ein längliches Gesicht mit vorstehenden Backenknochen, sah insgesamt ein bisschen blass und mager aus, aber sein Lächeln war unheimlich freundlich.

„Bist du der Typ, der hier Trompete spielen will?", fragte Nadine, nachdem sie sich von ihrem Schreck ein bisschen erholt hatte. Dabei wusste sie gar nicht, wieso sie eigentlich erschrocken war. Hatte sie sich einen Opa vorgestellt? Oder einen Mann in Feuerwehruniform?

Der Typ grinste. „Und bist du die Frau, die den Schlüssel zu dem Knusperhäuschen hat?“, fragte er.

Nadine nickte. Sie fasste in ihre Jackentasche und hielt ihm den Schlüssel hin.

Erleichtert nahm er ihn in Empfang. „Ich hab die Hoffnung schon beinahe aufgegeben, dass noch jemand kommt“, sagte er. „Dein Vater hat zu mir gesagt, du würdest Punkt fünf Uhr hier sein, und da bin ich, nur um ja nicht zu spät zu kommen, schon eine Viertelstunde eher da gewesen.“

Nadine spürte, dass sie ein bisschen rot wurde. Der Junge hatte auch so eine Art, sie ganz intensiv anzuschauen, die sie vollkommen aus der Fassung brachte. „Tut mir Leid“, sagte sie verlegen. „Ich wollte auch pünktlich sein, aber mein Fahrrad ist geklaut worden, und da ...“

„Mensch“, sagte er entsetzt. „Dein Fahrrad? Wo denn? Jetzt eben? Ist ja eine Riesensauerei! Kann ich dir helfen? Warst du schon auf der Polizei? Soll ich mitkommen?“

Das Rot auf Nadines Gesicht vertiefte sich. „Nein, nein. Ich meine, mein Fahrrad ist nicht heute geklaut worden. Schon vor neun Tagen. Ich hatte es an der U-Bahn-Haltestelle abgestellt, abgeschlossen und mit der Kette gesichert. Aber die Diebe haben die Kette einfach durchgesägt. Deshalb musste ich den Bus nehmen. Und da weiß ich immer nicht genau, wann der fährt. Und ich hab auch nicht gedacht, dass du so schrecklich pünktlich bist.“

„Ist doch alles okay“, sagte der Trompeter lächelnd. „Mach dir keine Gedanken. Ich hab gern gewartet.“ Er streckte ihr plötzlich die Hand hin und sagte: „Ich heiße übrigens Michi. Eigentlich Michael Herzog, um genau zu sein."

Nadine fand es etwas merkwürdig, sich so förmlich die Hand zu geben. „Ich heiße Nadine", sagte sie, „den Nachnamen kennst du ja. Willst du jetzt gleich anfangen?" Sie deutete auf das Häuschen. „Ich halte dich wahrscheinlich bloß auf. Ich sollte besser abhauen, wie?"

Michi schüttelte den Kopf. Immer noch schaute er sie so durchdringend neugierig an, dass Nadine kaum noch wusste, wie sie seinem Blick ausweichen sollte.

„Meinetwegen kannst du ruhig bleiben", sagte er. „Euch gehört ja das Haus. Ich bin jedenfalls unheimlich froh, dass dein Vater mir erlaubt, hier zu üben. Ist richtig stark von ihm."

Nadine nickte. Sie war auch ein bisschen stolz auf ihren Vater. „Wenn ich ehrlich bin, so was hab ich ihm überhaupt nicht zugetraut. Sonst stellt er sich unheimlich an mit seinen Sachen. Ich hatte mal die Idee, hier eine kleine Fete zu feiern. Aber als ich das zu Hause geäußert habe, da ist mein Vater fast an die Decke gegangen. Und dir erlaubt er, hier Trompete zu spielen."

Michi grinste. „Ich mache auf Erwachsene eben immer einen Vertrauen erweckenden Eindruck."

„Schon möglich." Nadine hob die Schultern. „Bloß die Erwachsenen in dem Haus, wo du wohnst, sind da wohl anderer Meinung, wie?"

„Stimmt, die würden mich am liebsten auf den Mond schießen", sagte Michi fröhlich. „Die bekommen schon einen Hautausschlag, wenn sie meine Trompete nur sehen."

„Spielst du denn gut?", fragte Nadine.

„Keine Ahnung. Nicht gut genug auf jeden Fall. Deshalb übe ich ja wie ein Verrückter. Weißt du, ich habe mir gesagt, in dem Job muss man entweder top sein oder gar nicht."

„Und du willst natürlich top sein."

Michi lachte. „Klar", sagte er. „Willst du das etwa nicht?"

„Bei was?", fragte Nadine.

„Ich weiß nicht. Was du gerne tust. Irgendein Hobby."

„Ich hab keine Hobbys", sagte Nadine. „Ich bin eben total langweilig."

Michi schaute sie lächelnd an. Langsam schüttelte er den Kopf. „Das glaube ich nicht", sagte er schließlich. „Du bist ganz bestimmt nicht langweilig. Du nicht."

Nadine errötete schon wieder. Eine grässliche Angewohnheit, immer gleich rot zu werden.

Michi schien etwas sagen zu wollen, aber der gellende Pfeifton eines sich nähernden Schnellzuges erstickte seine Worte. Nadine hielt sich die Ohren zu und sah Michi hilflos lächelnd an. Als der Schnellzug vorbei war und sie ihre Hände wieder heruntergenommen hatte, sagte sie: „Ich hab kein Wort verstanden."

„War auch nicht wichtig", sagte Michi. „Vielleicht sag ich es dir ein andermal. Also, sollen wir reingehen?" Er warf den Schlüssel in die Luft und fing ihn wieder auf.

„Okay", sagte Nadine, „lass mal hören, was du so spielen kannst."

Als Nadine hinter Michi in das kleine Häuschen hineinging, war ihr unbehaglich zumute. Es war ihr peinlich, dass es so kitschig aussah in dem Raum. Die Blümchentapete an den Wänden mit den Kalenderbildern von Alpenwiesen und Berggipfeln fand sie besonders scheußlich. Und dann dieser Tisch, der ein nachgemachter Bauerntisch sein wollte, mit der Händelampe darüber, die wie eine alte Petroleumlampe aussah, aber aus dem Kaufhaus stammte.

Nadine räusperte sich. Sie setzte sich vorsichtig auf die Ecke eines Bauernstuhles. „Sieht ziemlich schrecklich aus, nicht?“, murmelte sie.

Michi schaute sich unbekümmert um. Dann stellte er den Koffer auf den Tisch, öffnete ihn und nahm seine herrlich glänzende Trompete heraus. „Mich stört es nicht“, sagte er, „solange ich hier in Ruhe üben kann. Ich würde auch in einer Geisterbahn üben, wenn das die einzige Möglichkeit wäre. Deinen Eltern scheint es ja zu gefallen. Das ist doch die Hauptsache.“

Michi wischte mit einem Tuch über das Mundstück, setzte es an die Trompete, holte ein paar Mal tief Luft, setzte das Instrument an die Lippen und begann zu spielen. Er hatte sich zum Fenster gedreht und schien, während er spielte, nach draußen zu schauen, auf den Apfelbaum oder die Starkstromleitung oder auf die Stare, die sich gerade auf dem Baum niederließen. Vielleicht aber, dachte Nadine, sieht er überhaupt nicht richtig hin. Vielleicht konzentriert er sich total auf seine Musik.

Michi stand ganz entspannt da, den Kopf weit zurückgebogen, und spielte ein Stück nach dem anderen. Nadine hatte keine Ahnung, was für eine Art von Musik das war. Sie hatte nur das ziemlich sichere Gefühl, dass Michi gut spielen konnte. Die Töne, die er der Trompete entlockte, kamen wunderbar hell und klar, und manchmal, wenn er die Tonleiter rauf und runter improvisierte, perlten die Töne so leicht und fröhlich, dass einem schon vom Zuhören ganz wohl wurde. Schließlich setzte Michi das Instrument ab, wischte wieder über das Mundstück und setzte sich neben Nadine. „Na?“, fragte er. „Was ist deine Meinung?“

Nadine lächelte verlegen. „Ich glaub schon, dass das ziemlich gut ist, was du da spielst“, sagte sie zögernd. „Ich hab eigentlich keine Ahnung von so einer Musik. Was ist das eigentlich?“

„Jazz“, sagte Michi. „Ganz schlichter ordinärer West-Coast-Jazz. Weißt du, ich möchte einmal so spielen wie Clark Williams. Kennst du Clark Williams?“

Nadine schüttelte den Kopf. Sie kannte zwar alle Pop- und Rockgruppen, alle Sänger und Sängerinnen aus den Charts der letzten sechs Monate, aber von Clark Williams hatte sie noch nie etwas gehört.

„Ich würde dir gerne mal vorführen, was für eine sagenhafte Musik der macht“, sagte Michi, während er träumerisch seine Trompete streichelte, „damit du eine Idee davon bekommst, was ich mir vorgenommen habe.“ Er lächelte. „Aber natürlich hab ich keine Ahnung, ob ich das jemals schaffen werde.“

Nadine sah ihn an. Sein Gesicht gefiel ihr immer besser. Er hatte sanfte braune Augen, die zu glänzen anfingen, wenn er von seiner Musik sprach. Michi wirkte geradezu besessen von seiner Musik. Dieser Glanz in seinen Augen faszinierte Nadine. Sie hatte noch nie in ihrem Leben einen Menschen kennen gelernt, der so begeistert von einer Idee war, der sich ein ganz klares Ziel gesteckt hatte. Michi war der Erste.

„Was guckst du so?“, fragte Michi verunsichert. Er fuhr sich mit den Händen übers Kinn, auf dem sich ein schwacher dunkler Schatten abzeichnete. „Ich hätte mich heute rasieren sollen, wie? Jetzt merk ich's auch. Fühlt sich ganz rau an. Sicher seh ich fürchterlich aus. Wenn ich das gewusst hätte, dann hätte ich mich rasiert. Und vielleicht hätte ich mir sogar ein anständiges Hemd angezogen."

„Wenn du was gewusst hättest?", fragte Nadine.

„Na, dass ich dich heute treffe." Michi schaute sie an. „Ich schätze, ich hätte heute mal mein Horoskop lesen sollen. Vielleicht hätte da ja so etwas gestanden wie: Dies wird ein besonderer Tag für Sie. Stellen Sie sich darauf ein, dass heute etwas passiert, was Ihr Leben verändern wird." Er grinste. „Wenn man so etwas morgens in seinem Horoskop liest, dann geht man natürlich gleich noch mal zurück ins Badezimmer und rasiert sich."

Nadine wusste nicht, was sie darauf antworten sollte. Unsicher erhob sie sich. „Ich glaube, ich gehe jetzt besser", sagte sie. „Dann kannst du ungestört üben."

Michi stand ebenfalls sofort auf. Er streckte ihr die Hand hin und schüttelte sie herzlich. „Ich hab mich riesig gefreut", sagte er.

Nadine nickte. „Ich mich auch", erwiderte sie.

Wieder klirrten die Scheiben. „Der Schnellzug kommt zurück", sagte Michi fröhlich. Er folgte Nadine zur Tür. „Sag deinem Vater noch mal schönen Dank! Wir rechnen einmal im Monat ab, haben wir vereinbart."

„Ach", sagte Nadine verblüfft, „musst du hierfür etwas bezahlen?" Sofort war ihr das ungeheuer peinlich.

Aber Michi schien es ganz selbstverständlich zu finden. „Nicht viel", sagte er. „Dein Vater ist mir unheimlich entgegengekommen. Ich hätte sogar doppelt so viel gezahlt." Er zögerte, dann sagte er, etwas leiser: „Sehen wir uns eigentlich mal wieder?"

Nadine wollte etwas erwidern, aber da spürte sie, dass sie schon wieder rot werden würde. Hastig lief sie zur Tür.

Als sie auf dem Rückweg in den Bus einstieg, war Nadine noch immer vollkommen durcheinander. Sie setzte sich auf einen Fensterplatz und schaute nach draußen, ohne etwas zu sehen. Stattdessen hörte sie eine Trompete, und sie sah einen Jungen mit kurzer Stoppelhaarfrisur und sanften braunen Augen, der die Hand nach ihr ausstreckte und fragte: „Sehen wir uns eigentlich mal wieder?"

Ihr war glühend heiß. Einen Augenblick dachte sie, dass sie nun wahrscheinlich auch krank werden würde – wie Ada. Aber im nächsten Augenblick war ihr klar, dass ihr heißer Kopf von der Aufregung kam, von diesem ganzen Wirrwarr der Gefühle, in das sie auf einmal gestürzt war.

Ich muss mit Ada darüber reden!, dachte sie. Ich muss ihr alles haarklein erzählen. Mein Gott, und ich habe immer behauptet, in der ganzen Stadt gäbe es keinen Jungen, in den man sich verlieben könne!

Während der Bus sie gemächlich in Richtung Elternhaus schaukelte, dachte sie darüber nach, von welchen Zufällen das Leben bestimmt wurde. Hätte sie Michi jemals kennen gelernt, wenn ihr Vater damals nicht das Schrankenwärterhäuschen übernommen hätte? Hätte sie ihn jemals kennen gelernt, wenn ihr Vater nicht ausgerechnet an diesem Abend die Gewerkschaftsversammlung gehabt hätte? Wie sie ihren wortkargen Vater kannte, hätte er ihr von Michis Existenz womöglich erst erzählt, wenn er längst über alle Berge gewesen wäre.

Nadine lächelte. Wirklich komisch, solche Zufälle! Davon also ist es abhängig, ob man seine große Liebe trifft oder ob man sie nicht trifft. Nur von solchen blöden Zufällen, die, für sich genommen, überhaupt keine Bedeutung haben. Ich muss mit Ada darüber reden, dachte sie. Das ist doch ein unheimlich starker Gedanke, das mit dem Zufall und der Liebe ... Hoffentlich geht es Ada bald besser. Hoffentlich ist das Fieber gefallen.

Aber dann dachte sie plötzlich – und dieser Gedanke versetzte ihr wirklich einen Stich mitten ins Herz –: Ist es nicht auch ein Zufall, dass Ada ausgerechnet in dieser Woche krank ist? Dass sie ausgerechnet vorgestern ihre Halsentzündung bekam und ins Bett musste?

Nadine versuchte sich vorzustellen, wie dieser Nachmittag verlaufen wäre, wenn Ada nicht krank gewesen wäre. Dann hätte sie auf dem Gepäckträger des rosaroten Panthers gesessen, Ada hätte sie zum Schrankenwärterhäuschen kutschiert, und gemeinsam wären sie bei Michi aufgetaucht.

Nadine schloss die Augen. Sie stellte sich vor, wie Ada Michi die Hand gegeben hätte. Ada mit ihrer Schüchternheit, Ada mit ihrer schönen Stimme hätte etwas gesagt – und Michi hätte etwas geantwortet und dabei die Sommersprossen auf Adas Nase betrachtet. Vielleicht liebte Michi Sommersprossen? Vielleicht mochte er überhaupt Mädchen, die weniger draufgängerisch waren als Nadine? Vielleicht gefielen ihm Mädchen mit Babyspeck und blonden Haaren und leuchtenden Augen, so wie Ada sie hatte ... Nadine hatte immer gefunden, dass Adas Augen viel schöner seien als ihre braunen Augen, die nie so leuchten und strahlen konnten wie Adas.

Möglich, dass Michi sich an diesem Nachmittag in Ada verliebt hätte und dass sie, Nadine, wie eine störende

Wachsfigur dabeigestanden wäre. Und je länger sie darüber nachdachte, desto mehr glaubte sie, dass da oben im Himmel einer Regie geführt hatte, um all die Zufälle so zu verknüpfen, dass *sie* an diesem Nachmittag ganz allein Michi gegenüberstehen konnte und dass es jetzt so aussah, als habe Michi sich genauso in sie verliebt, wie sie sich in ihn verliebt hatte ...

Nadine riss die Augen wieder auf. Sie schaute sich im Bus um und wischte dann über die beschlagene Fensterscheibe, um nach draußen zu sehen. Ihre Haltestelle war glücklicherweise noch nicht vorbei. Sie fuhr sich mit der Zunge über die Lippen und murmelte: „Okay, okay. Ich habe verstanden. Ich werde Ada nichts darüber sagen. Sicher ist sicher."

Ada fühlte sich schon viel besser. Der Arzt hatte ihr eine Spritze gegeben, die das Fieber sehr schnell zurückgehen ließ, und an das Kratzen und Brennen im Hals hatte sie sich schon fast gewöhnt. Sie begann das Kranksein beinahe zu genießen. Alle in der Familie verwöhnten sie, auf ihrem Bett stapelten sich Illustrierte und Modezeitschriften, die ihre Mutter aus dem Atelier mitbrachte, ihr Vater kam jeden Abend mit einer Familienpackung Schokoladeneis nach Hause, und sogar ihr Bruder Frank hatte ihr gnädigerweise seinen Kassettenrekorder überlassen für die Zeit, die er nicht daheim war. Am schönsten waren die Vormittage, wenn Ada ganz allein in der Wohnung war. Gegen elf Uhr stand sie auf, richtete ihr Bett, ging ins Badezimmer und probierte der Reihe nach alle Cremes und Salben aus, die da herumstanden. Adas Mutter besaß so viele Kosmetika, dass sie, wie Herr Hamann immer sagte, beinahe eine Drogerie aufmachen könnte. Dann, frisch und verführerisch duftend, begab Ada sich in das Schlafzimmer der Eltern und nahm den seidenen japanischen Kimono ihrer Mutter aus dem Schrank. In diesem edlen Stück, das ihre Mutter nie trug, weil sie es unpraktisch fand, schlenderte Ada in der Wohnung herum, bereitete sich auf einem Tablett das zweite Frühstück und stieg schließlich erst wieder ins Bett, als sie sich richtig schwach fühlte. Dann probierte sie einen neuen Nagellack aus, feilte ihre Nägel, zeichnete neue Strickmuster für einen Pulli, den sie sich im Sommer stricken wollte, oder schrieb etwas in ihr Tagebuch.

Niemand störte sie während all der Stunden. Sie fühlte sich, als gehöre ihr die Wohnung allein. Die Sonne schien ins Fenster, und draußen zwitscherten die Vögel, und in der Schule plagten sich die anderen mit Mathe, Geographie, Englisch und solchen grausamen Dingen. Sie hatte dafür nur ein ganz kleines bisschen Halsschmerzen, einen heißen Kopf und etwas wackelige Beine. Eigentlich kein schlechter Tausch. Gut gelaunt klopfte Ada ihre dicken Kopfkissen zurecht, schlug das Tagebuch auf und begann zu schreiben.

Heute bin ich schon vier Tage krank. Eben habe ich mich gewogen. Fast ein Kilo weniger als vor meiner Krankheit! Es kommt mir vor, als wären meine Beine schon ein kleines bisschen dünner geworden. Wenn das stimmte, hätte sich die Grippe ja wirklich gelohnt!

Gestern konnte Nadine mich endlich zum ersten Mal besuchen. Der Arzt meinte, die Zeit der Ansteckungsgefahr ist jetzt vorbei. Ich hab mich natürlich unheimlich gefreut. Es kam mir vor, als hätte ich Nadine eine Ewigkeit nicht mehr gesehen. Aus Spaß hab ich zu ihr gesagt: „Du kommst mir richtig fremd vor.“ Da ist Nadine ganz rot geworden, und mir hat es sofort unheimlich Leid getan, dass ich solchen Blödsinn gesagt habe. Eineiige Zwillinge sind sich niemals fremd, auch wenn sie die halbe Zeit ihres Lebens auf verschiedenen Kontinenten gewohnt haben! Es sollte bloß ein Witz sein, ich wollte Nadine ja nur irgendwie zeigen, wie unheimlich glücklich ich war, dass wir wieder zusammen sein konnten. Nadine hat mir eine kleine Stoffmaus mitgebracht, die ist so süß, ganz kuschelig weich und hat einen Wollzopf als Schwanz. Das wird jetzt mein Maskottchen. Ich werde sie überall mit hinnehmen, auch in die Schule natürlich. Bestimmt bringt sie mir auch bei den Klassenarbeiten Glück, man muss eben einfach an so etwas glauben. Ich habe sie Ottilie getauft.

Als Nadine und ich hier saßen und quatschten, kam Frank rein, um seinen Kassettenrekorder wieder abzuholen. Ich habe die beiden ganz genau beobachtet. Irgendwie geht es mir doch nicht aus dem Sinn, was Mama gesagt hat – von wegen, dass Nadine es auf Frank abgesehen hat.

Aber davon war nun wirklich überhaupt nichts zu spüren! Frank war Luft für Nadine. So deutlich habe ich das früher nie gemerkt. Sie hat ihn auch mit keinem Wort aufgefordert zu bleiben und auch nicht so auf sexy gemacht, wie das manchmal ihre Masche ist, wenn ein Junge sie beobachtet. Solche Posen studiert sie vor dem Badezimmerspiegel ein, und dann probiert sie die Wirkung bei den Jungen aus. Ich finde das ganz okay, auch wenn ich selber so was nie machen würde. Aber dieses Mal hat sie überhaupt keine Masche draufgehabt. Sie war vollkommen natürlich und auch total uninteressiert an Frank. Ich hab das Gefühl, ihm ist das richtig aufgefallen. Nachher, als Nadine weg war, ist er noch mal zu mir ins Zimmer gekommen und hat gesagt: „Bei deiner Busenfreundin hab ich wohl keinen Stein mehr im Brett? Die kann durch einen durchgucken, als wäre man Luft. Was ist los? Steht sie nicht mehr auf Männer?"

Ich hab ihm natürlich sofort mein Schmusekissen an den Kopf geschleudert, weil ich es total bescheuert finde, wenn Frank so etwas sagt. Er denkt wohl, Nadine und ich sind so eine Art Liebespaar. Daran sieht man eben, dass Jungen sich unter einer Mädchenfreundschaft überhaupt nichts vorstellen können. Wahrscheinlich liegt es daran, dass sie überhaupt nicht so tiefe Gefühle haben wie wir. Meine Gefühle für Nadine sind jedenfalls das Ehrlichste und Schönste, was es gibt. Ich bin sicher, dass nie etwas geschehen könnte, was unsere Freundschaft kaputtmacht.

Mit einem Veilchenstrauß, den sie am Blumenstand gekauft hatte, machte Nadine sich am frühen Nachmittag auf den Weg zu Ada. Sie hatte ein unheimlich schlechtes Gewissen. Nadine verachtete sich selber dafür, dass sie ein Geheimnis vor Ada hatte. Dabei galt dieser Schwur, dass sie sich immer alles erzählen würden, ja nach wie vor. Und sie war sicher, dass Ada den Schwur bestimmt nicht gebrochen hatte. Morgens hatte Nadine sich noch fest vorgenommen, dass sie den ganzen Nachmittag bei Ada bleiben würde. Aber dann, je länger der Tag dauerte und je häufiger sie an Michi dachte, desto deutlicher wusste sie, dass sie nicht darauf verzichten konnte, Michi an diesem Tag noch zu sehen. Das bedeutete, dass sie höchstens eine Stunde bei Ada bleiben konnte. Das bedeutete auch, dass Ada enttäuscht und traurig sein würde. Nadine seufzte. „Ich bin so gemein", murmelte sie halblaut vor sich hin, „ich kann mich selber nicht ausstehen."

Nie hätte sie gedacht, dass einmal irgendein Mensch für sie wichtiger sein könnte als Ada. Und wenn ihr früher jemand gesagt hätte, dass sie ihre beste Freundin krank im Bett liegen lassen würde, um sich heimlich mit einem Jungen zu treffen, dann hätte sie denjenigen einen gemeinen Lügner genannt.

Die Hamanns wohnten in einem Reihenhaus, das Adas Vater vor fünf Jahren mit Hilfe von Krediten gekauft hatte. Es war ein hübsches zweistöckiges Haus mit einem kleinen Vorgarten und einer Terrasse, die man von der Küche aus betreten konnte. Als Nadine klingelte, öffnete Frau Hamann. Sie strahlte erleichtert. „Ah, da bist du ja, Nadine! Du kannst dir nicht vorstellen, wie oft Ada mich schon gefragt hat, wann du wohl kommst. Ich muss sagen, mit euch beiden, das ist wirklich verrückt. Ihr hängt ja wie die Kletten aneinander. Sind die Veilchen für Ada? Das ist aber süß von dir, Nadine! Du hast Ada doch schon vorgestern die kleine Maus geschenkt. Sie liegt immer bei Ada im Bett."

„Geht es ihr schon besser?", fragte Nadine. Sie hängte ihre Jacke an der Garderobe auf und lauschte nach oben. Ada spielte gerade in ziemlicher Lautstärke ihr Lieblingslied von Betty Banja.

„Du hörst ja selbst, dass es ihr schon toll geht", sagte Frau Hamann mit einem schiefen Blick nach oben. „Wenn ich Kopfschmerzen hätte, könnte ich das Gedudel jedenfalls nicht aushalten. Ich bring euch nachher etwas Leckeres nach oben. Butterkuchen, ganz frisch aus dem Ofen. Ich hab ihn gerade ins Rohr geschoben. Magst du lieber Tee oder Kaffee dazu?"

Nadine kam sich erbärmlich vor. Alle waren immer so nett zu ihr, alle vertrauten ihr und waren offen und ehrlich, während sie ihr verlogenes Spiel mit ihnen trieb.

„Ich weiß nicht, Frau Hamann", sagte sie, „ob sich das lohnt. Um halb fünf muss ich nämlich wieder los."

Sie konnte genau die Enttäuschung in Frau Hamanns Stimme spüren. „Was! Um halb fünf schon! Und jetzt ist es Viertel vor vier! Also da wird die arme Ada aber enttäuscht sein. Sie hatte schon so viele Pläne gemacht für den Nachmittag mit dir."

Nadine wurde rot bis unter die Haarwurzeln. Sie biss sich auf die Lippen, bis es wehtat. Dann sagte sie, ohne Frau Hamann ins Gesicht zu schauen: „Ich muss etwas für meine Eltern erledigen. Es tut mir auch unheimlich Leid."

Frau Hamann lächelte. Sie legte ihre Hand auf Nadines Schulter. „Na ja, so schlimm ist es ja auch nicht. Ada wird sich auch allein beschäftigen können. Wenn deine Eltern dir etwas aufgetragen haben, geht das natürlich vor. Ohnehin habt ihr beiden Mädchen es ja gut, könnt fast immer tun und lassen, was ihr wollt."

Nadine lächelte dankbar. Sie war froh, dass Frau Hamann nicht nachfragte, um was für Erledigungen es sich handelte. Es wäre ihr mit Sicherheit nichts Richtiges eingefallen, und dann hätte sie womöglich mit hochrotem Kopf dagestanden und etwas hervorgestottert, was total unglaubwürdig geklungen hätte.

„Ich geh jetzt schnell hoch zu ihr", sagte Nadine. Sie lächelte Frau Hamann etwas verlegen zu, dann stürzte sie die Treppen hinauf.

Ada drehte sofort die Musik leiser, als Nadine in der Tür auftauchte. „Nadine!", schrie sie. „Mensch! Endlich! Ich sitze schon wie auf Kohlen! Wieso kommst du jetzt erst?"

Nadine legte Ada die Veilchen auf die Bettdecke. „Ich hab erst noch Schularbeiten gemacht, und dann musste Janka noch einmal kurz Gassi. Also, ich sag dir, die Matheaufgaben waren heute wieder ein Schlauch! Sei froh, dass du sie nicht machen musst."

Ada hob die Schultern. „Mathe finde ich nicht so schlimm wie du, das weißt du doch." Sie steckte ihre Nase in die Veilchen. „Sind die ehrlich für mich?", fragte sie.

Nadine nickte. Sie schaute sich auf dem mit Krimskrams voll gestopften Regal um. Dann nahm sie eines der Schnapsgläser, die Ada mal auf dem Flohmarkt gekauft hatte. „Meinst du, das geht? Ich geb mal eben Wasser rein." Nadine verschwand im Bad.

Ada wartete lächelnd, die Blumen in der Hand, bis Nadine zurückkam. „Ich habe eine ganz tolle Idee, was wir heute machen können", sagte sie.

Nadine holte tief Luft. „So?", fragte sie betont gleichmütig. „Was denn?"

Ada hob einen Stapel von Illustrierten auf, in denen lauter kleine, weiße Papierschnitzel steckten. „Hier! Das sind alles Tests. Ganz tolle Partnerschaftstests. Einer über die große Liebe und einer über Freundschaften, dann noch ‚Was für ein Typ bist du?'. Ich dachte, das muss doch unheimlich Spaß machen, wenn wir die zusammen lösen." Sie lachte. „Dann erfahren wir endlich auch mal was über unser Innenleben, was wir bisher überhaupt noch nicht gewusst haben."

Nadine lächelte gequält. „Du, Ada", begann sie zögernd, „können wir das nicht auf einen anderen Tag verschieben?"

Ada warf Nadine einen kurzen Blick zu, dann nickte sie strahlend. „Na klar. Morgen oder übermorgen. Vollkommen egal. Wenn du was Besseres weißt – ich bin sofort dafür."

„Ich weiß aber nichts Besseres", sagte Nadine.

„Das kapier ich nicht", sagte Ada stirnrunzelnd. „Hast du was gegen solche Psychotests?"

Nadine schüttelte den Kopf. „Überhaupt nicht. Das Problem ist nur, ich will, nein, falsch, ich muss um halb fünf schon wieder weg."

Ada starrte Nadine an. Dann schaute sie auf ihre Uhr. „Das ist ja in einer halben Stunde!", sagte sie entsetzt. „Wieso musst du denn weg? Kommst du nachher noch mal wieder? Mann, ich häng heut schon den ganzen Tag rum und langweile mich, und da kommst du und sagst ..."

Nadine hatte sich inzwischen eine Ausrede ausgedacht. „Ich muss zum Zahnarzt", sagte sie. „Das hatte ich total vergessen. Meine Mutter hat den Termin ausgemacht. Du weißt doch, wie sie ist – alle Vierteljahr Zahnstein entfernen lassen."

„So was Blödes", sagte Ada enttäuscht. „Ausgerechnet heute. Meine Mama geht nämlich nachher weg, und Frank ist heute gleich nach der Arbeit zum Squash verabredet. Ich bin ganz allein zu Hause. Im Fernsehen läuft auch nur so ein politischer Kram. Mann, ist das vielleicht fad." Ärgerlich trommelte Ada mit den Fingern auf die Bettdecke.

Nadine setzte sich auf die Bettkante. Sie streichelte Adas Arm. „Ich komm doch morgen wieder", sagte sie tröstend. „Morgen habe ich bestimmt viel mehr Zeit. Da können wir dann den ganzen Nachmittag die Tests machen, ja?"

Ada warf Nadine einen schmollenden Blick zu. „Und meine Mama hat für uns extra Kuchen gebacken. Wo Butterkuchen doch dein Lieblingskuchen ist."

„Ich weiß", sagte Nadine. Ihre Stimme war ganz rau. „Es tut mir wirklich unheimlich Leid, Adalein."

Ada schluckte tapfer ihre Enttäuschung hinunter. „Da kann man nichts machen", sagte sie schließlich mit einem kleinen Lächeln. „Zahnstein ist Zahnstein."

„Genau." Nadine gab Ada einen Kuss. „Mensch, bin ich froh, dass du nicht sauer auf mich bist! Mir fällt richtig ein Felsbrocken von der Seele."

„Wieso denn sauer?", fragte Ada. „Da kannst du doch nichts dafür, wenn deine Mama für dich so einen Termin ausgemacht hat. Und beneiden kann ich dich auch nicht gerade darum. Ich hasse alle Zahnärzte."

Und schon erzählte Ada die Geschichte von ihrer geschwollenen Backe, mit der sie zum Zahnarzt kam, der sie nur anschaute und fragte: „Kaust du an einem Tischtennisball?"

Aber mit ihren verzweifelten Versuchen, die Stimmung zu retten, hatten weder Ada noch Nadine einen richtigen Erfolg. Sie spürten es beide. Ada fühlte sich immer noch ein bisschen fiebrig, ihre Stirn war ständig feucht, und im Hinterkopf pochten leise die Kopfschmerzen. Nadine konnte sich überhaupt nicht auf Ada konzentrieren. Immerzu dachte sie daran, wie es sein würde, wenn sie Michi wieder sähe. Sie stellte sich sein verblüfftes Gesicht vor, die Überraschung, wenn er sie entdeckte, und sie dachte: Ich werde ganz genau erkennen, ob er sich wirklich freut. Ich werde um fünf Uhr wissen, ob er genauso viel an mich gedacht hat wie ich an ihn ...

Plötzlich merkte Nadine, dass Ada aufgehört hatte zu reden und sie anschaute.

„Woran denkst du?“, fragte Ada.

Nadine wurde verlegen. „Ich? Ich weiß nicht ... An die Schule vermutlich. Keine Ahnung.“

„Du hast eben so ein ganz komisches Gesicht gemacht“, sagte Ada. „Als wenn du träumen würdest.“

„Am helllichten Tag?“ Nadine tippte sich an die Stirn. „Ganz so schlimm ist es mit mir nun wirklich noch nicht.“

Ada nickte. Ruhig schaute sie Nadine an. „Dann hab ich mich wohl geirrt“, sagte sie leise.

Danach wollte überhaupt kein richtiges Gespräch mehr aufkommen. Nadine fühlte sich plötzlich vollkommen unsicher. Immer nervöser schaute sie auf die Uhr. Sie wollte unbedingt den Bus um zwanzig vor fünf erwischen.

„Ich merke schon, dass du gehen willst“, sagte Ada plötzlich. „Na los, worauf wartest du?“

Sofort sprang Nadine auf. Sie beugte sich über Ada, gab ihr ein Küsschen auf die Wange und murmelte: „Bis morgen! Morgen komm ich gleich nach der Schule, ja.“ Dann rannte sie die Treppen hinunter und war schon verschwunden, bevor Frau Hamann den Kopf aus der Küchentür gesteckt hatte.

In Adas Zimmer war es plötzlich vollkommen still. Gedämpft kamen die Geräusche von der Straße herauf. Ada lag in ihrem Bett und starrte an die Decke. Plötzlich fühlte sie sich unsäglich allein. Eine Leere breitete sich um sie herum aus, und sie fühlte sich plötzlich wie ein Wesen, das auf einem Krankenbett einfach ins Nichts geschoben wird. In ein durchsichtiges, unendliches Universum. Fröstelnd kroch sie tiefer unter ihre Decke.

Nadine hörte seine Trompete schon, als sie noch dreißig Meter vom Haus entfernt war. Auf den Strommasten hockten die Krähen und hörten zu. Sie hatten sich so an das Donnern der vorbeifahrenden Schnellzüge gewöhnt, dass sie bei keinem Geräusch mehr aufflatterten. Aber die Trompete schien ihnen wirklich zu gefallen.

Nadine näherte sich dem Bahnwärterhäuschen, und mit jedem Schritt schlug ihr Herz ein bisschen heftiger. Und wenn es ihm gar nicht recht ist? Und wenn er glaubt, meine Eltern schicken mich, um hinter ihm herzuspionieren? Und wenn ihn Zuschauer stören und er nur zu höflich ist, es mir zu sagen? Schließlich hat er das Häuschen nicht gemietet, um sich mit einem Mädchen zu treffen, sondern um Trompete zu spielen ...

Nadine blieb zaudernd stehen. Auf einmal durchzuckte sie der Gedanke, dass Michi womöglich einer der Jungen war, die sich für nichts wirklich interessierten – außer für ihr Hobby. Wie Dirk, ein Junge aus ihrer Klasse, der so eine Art Schachmeister war. Er konnte an überhaupt nichts anderes denken als an Schach. Man hatte bei ihm immer das Gefühl, dass er seine Umwelt überhaupt nicht wahrnahm. Ein Mädchen hatte er sich bewusst bestimmt noch nicht angesehen.

Ob Michi vielleicht genauso war? Ihr fiel ein, dass ihr

Vater gestern Abend gesagt hatte: Dieser Junge, der ist verheiratet mit seiner Trompete. Man muss nur zuschauen, wie er diesen Kasten unter dem Arm trägt, wie einen ganz kostbaren Schatz.

Michi wollte ein berühmter Musiker werden. Nadine versuchte, sich an den Namen des Trompeters zu erinnern, den er genannt hatte. Aber sie wusste ihn nicht mehr. Michi war ehrgeizig, es stimmte, er war wie besessen. Das merkte man schon, wenn man ihm nur kurze Zeit zuhörte. Er setzte zu einer kurzen Melodie an, sechs oder sieben Töne, und dann brach er plötzlich wieder ab, spielte die Tonfolge noch einmal, und noch einmal, und noch einmal, bis sie genau so war, wie er es sich vorgestellt hatte.

Nadine setzte sich auf die kleine Bank unter dem Fenster. Sie war auf einmal ganz unsicher, was sie tun sollte. Es war ihr peinlich, hier zu sitzen. Warum war sie eigentlich gekommen? Was hatte sie sich überhaupt vorgestellt in ihrer überdrehten Fantasie? Die große Liebesgeschichte? Wie war sie nur darauf gekommen? Nur weil Michi sie einmal freundlich angeschaut hatte und weil er zum Abschied gesagt hatte: „Sehen wir uns eigentlich mal wieder?“ Wieso hatte sie sich auf diesen Satz nur so viel eingebildet? Der Satz bedeutete doch nichts! Überhaupt nichts! Eine reine Höflichkeit. Irgendetwas musste er schließlich sagen. Und er hatte nicht versucht, sie aufzuhalten. Er hatte kein konkretes Wiedersehen mit ihr vereinbart. Stattdessen hatte er, kaum dass sie sich umgedreht hatte, seine Trompete wieder an den Mund gesetzt und fröhlich weitergespielt.

Nadine seufzte. Sie presste die Hände zwischen die Knie und nickte. Es war vollkommen klar, sonnenklar: Sie hatte sich da irgendetwas zusammenfantasiert. Typisch für sie!

Offenbar war sie nicht fähig, die Realität richtig einzuschätzen. Nadine atmete ein paar Mal tief durch. Dann stand sie auf und ging mit steifen Schritten zurück. Hinter ihr das jubelnde Tremolo der Trompete. Am liebsten hätte Nadine sich die Ohren zugehalten.

Ich bin ein Idiot, dachte Nadine. Mein Gott, warum bin ich nur so ein Idiot!

Plötzlich setzte die Musik aus, und im nächsten Augenblick quietschte die Haustür, und Michi rief: „Nadine! Hey! Nadine!"

Sie blieb stehen. Langsam drehte sie sich um. Sie war kreidebleich und zitterte.

Michi kam auf sie zugerannt. „Hey! Ist ja Wahnsinn! Eben habe ich noch an dich gedacht! Was machst du hier? Wolltest du etwa abhauen, ohne mich zu begrüßen? Was sind denn das für Sitten?" Er blieb keuchend vor ihr stehen und strahlte sie an.

Nadines Gesicht war vollkommen leer. Sie versuchte mühsam, die Bruchstücke ihrer Gedanken wieder zusammenzusetzen. Sie schaute in Michis Augen und entdeckte darin wieder diesen sanften zärtlichen Glanz, der sie beim ersten Mal schon so fasziniert hatte.

„Hey!", sagte Michi zärtlich. „Was ist los, Mädchen? Hab ich dir was getan? Oder warum wolltest du abhauen?"

Nadine öffnete den Mund. Ihre Stimme war ganz rau. „Ich wollte dich nicht stören", sagte sie lahm. „Du hast gerade so toll gespielt."

Michi lachte. „Na, so toll war das nun wirklich nicht! E-Dur ist verdammt schwer in dieser Höhenlage. Und außerdem störst du kein bisschen. Absolut überhaupt kein bisschen."

„Ehrlich nicht?", fragte Nadine zweifelnd.

Michi hob die Hand zum Schwur. „Hundertprozentig nicht", sagte er. Er lächelte. „Ich hab ja gehofft, dass du kommst. Ich hab sozusagen heimliche Wetten mit mir abgeschlossen, ob du heute kommst, oder wenn nicht heute, dann vielleicht morgen oder übermorgen. Irgendwann, hab ich gedacht, muss sie einfach kommen."

Nadines Herz schlug. „Und wieso hast du das gedacht?"

Michi schaute sie an. „Das weißt du genauso gut wie ich", sagte er, „du willst mich nur dazu bringen, dass ich es als Erster ausspreche."

Nadine schüttelte den Kopf. Die Haare flogen um sie herum.

Michi hob die Hand und berührte sie ganz behutsam. „Du hast unheimlich schöne Haare", sagte er. „Ich hab so was noch nie gesehen. Nur auf alten italienischen Bildern haben die Frauen solche Haare."

Nadine lachte verlegen. „Ich weiß. Bei Tizian. Das sagt meine Mama auch immer. Die Haare habe ich von meiner Großmutter geerbt. Die war Spanierin."

„Aber ich finde nicht nur deine Haare toll", sagte Michi. „Sondern auch alles andere. Es gibt doch diesen saublöden Spruch von der Liebe auf den ersten Blick. Kennst du den?"

Nadine wurde rot. Sie nickte.

„Und?", fragte Michi. „Glaubst du an den Quatsch?"

Nadine zögerte. Sie schaute Michi an, sah das belustigte Zwinkern in seinen Augen und nickte.

Michi lachte. „Ich auch", sagte er. „Ich verdammt noch mal auch."

Nadine erlebte ihre erste große Liebe. Alles das, wovon

Ada und sie immer wieder gesprochen hatten, der erste Kuss, die erste Umarmung, das erste „Ich liebe dich“, alles passierte ihr nun, ohne dass Ada etwas davon wusste. Und Nadine war zu feige, es Ada zu erzählen.

War es wirklich Feigheit? Oder vielleicht eher eine unbewusste Angst, dass Ada ihr das Glück nicht gönnen könnte? Fürchtete sie sich vor Adas Eifersucht? Oder erschreckte sie die Vorstellung, dass Ada womöglich erwarten würde, fortan immer dabei zu sein, wenn die beiden sich trafen?

Der Gedanke, dass sie nicht mehr mit Michi allein sein könnte, wenn Ada erst von ihrer Liebe erfuhr, war Nadine unerträglich. Lieber log sie. Lieber erfand sie, wenn sie Ada besuchte, immer neue Ausreden, warum sie nur wenig Zeit hätte, und erfand Geschichten, wie sie die Abende verbracht hatte.

Manchmal kam es ihr so vor, als glaubte Ada ihr nicht. Dann errötete sie, wurde unsicher und verstrickte sich in Geschichten, über die sie sich selber am meisten ärgerte.

Nadine war während des Tages immer so glücklich, so strahlend, alles fiel ihr leicht, über nichts regte sie sich auf. Sie trällerte, wenn sie mittags das Geschirr spülte, sie summte vor sich hin, wenn sie morgens im Bad ihre Haare bürstete, und war sogar noch gut gelaunt, wenn die Eltern sie abends noch einmal mit Janka Gassi schickten.

Nur, wenn der Krankenbesuch bei Ada bevorstand, verflog plötzlich ihre gute Laune. Dann war sie bedrückt, irgendwie gereizt, und sie wünschte jedes Mal, sie wäre schon wieder fort. Das steigerte sich in den nächsten Tagen derart, dass Nadine richtig wütend auf Ada wurde. Sie hatte das Gefühl, dass Ada das einzige Wesen war, das ihrem Glück im Wege stand. Ohne Ada, dachte sie, wäre ich total happy. Ohne Ada würde ich wie auf Wattewolken schweben. Ohne Ada wäre mein Glück vollkommen ...

Als sie diesen Gedanken zum ersten Mal halblaut vor sich hin sprach, erschrak sie so, dass sie sich verschluckte. Aber Ada war doch ihre innigste, beste Freundin! Ihr eineiiger Zwilling! Mit Ada hatte sie sich noch nie gestritten, mit ihr war es immer so toll gewesen, ein Leben ohne Ada war für sie überhaupt nicht vorstellbar gewesen! Und jetzt wünschte sie, Ada wäre überhaupt nicht mehr da? Nur, damit sie Michi ganz für sich alleine hätte, nur damit niemand sie in ihrer großen Liebe stören könnte?

Nadine war vollkommen verwirrt. Sie kannte sich mit ihren eigenen Gefühlen nicht mehr aus. Sie hatte Angst vor dem Tag, an dem Ada wieder zur Schule kommen würde. Angst vor dem Tag, an dem Ada selbstverständlich erwarten würde, dass sie alles gemeinsam täten. Und vor allem hatte sie Angst davor, Ada die Wahrheit zu sagen. Vollkommen verrückt. Wenn sie aber mit Michi zusammen war, in seine sanften Augen schaute und ihm zuhörte, wie er erzählte, von sich, seinen Träumen, seinem Leben, dann vergaß sie alles andere. Dann kam es ihr vor, als säßen sie beide auf einer kleinen Südseeinsel, auf der es nichts gab als eine einzige süße Palme und sonst nur Sonne, Sand und Meer und ihre Liebe. Dann war sie glücklich – und vergaß ihre beste Freundin vollkommen.

Zehn Tage nach dem Beginn ihrer Grippe konnte Ada wieder zur Schule gehen. Sie hatte fast fünf Kilo abgenommen und sah, so bleich und mit dunklen Ringen unter den Augen, ein ganzes Stück erwachsener aus.

An dem Morgen des ersten Schultages kleidete Ada sich sehr sorgfältig an. Sie wollte etwas anziehen, das ihre neue

Figur betonte: Hosen, einen Cowboygürtel, den sie bei Frank geschnorrt hatte, und eines seiner karierten Holzfällerhemden. Das brauchte er ja nicht zu erfahren. Außerdem trug er so etwas nicht mehr, seit er unter die Bankmanager gegangen war.

Ada tuschte ihre Wimpern und malte mit einem Konturenstift die Linie ihrer Lippen nach. Noch etwas Rouge auf die Wangen, und Ada fand, dass sie wirklich gar nicht so schlecht aussah. Zum ersten Mal war sie zufrieden mit sich.

„Ich bin gespannt, was Nadine sagen wird", sagte sie morgens beim Frühstück zu ihrer Mutter. „Nadine hat überhaupt noch nicht richtig gemerkt, wie dünn ich geworden bin. Mein Babyspeck ist fast total weg."

„Na, dann pass auf, dass er nicht gleich wiederkommt. Eine Semmel ist auch genug", meinte Frau Hamann lachend.

„Okay, du hast Recht." Folgsam legte Ada die Semmel wieder hin und stand auf.

„Holst du Nadine auf dem Schulweg ab?", fragte ihre Mutter.

Ada schüttelte den Kopf. „Heute nicht. Nadine hat ihr neues Fahrrad bekommen, da lohnt sich der Umweg nicht. Aber wir treffen uns bestimmt vor dem Schuleingang. Das ist immer so. Wir haben einen siebten Sinn dafür, wann der andere kommt." Sie lachte fröhlich. „Richtig komisch. Die anderen in der Klasse amüsieren sich immer darüber. Aber für die sind wir ja sowieso die eineiigen Zwillinge."

Ada nahm ihre Schultasche, band sich einen Pulli um die Schultern und zog los.

An diesem Tag trafen Nadine und Ada sich nicht vor

dem Schultor. Ada zögerte den Augenblick, wo sie das Fahrrad abstellte, extra lange hinaus. Sie schlenderte ganz gemächlich zum Tor und ließ die Kleineren aus den unteren Klassen an sich vorbeistürmen. Auch Fipsi überholte sie. Er grüßte freundlich.

„Die junge Dame gibt uns also auch einmal wieder die Ehre“, sagte er.

„Ich war krank“, erwiderte Ada. „Ich habe eine Entschuldigung dabei.“

Fipsi lachte. „Das gefällt mir. Ihr habt immer gleich ein schlechtes Gewissen. Ich weiß doch, dass du Grippe hattest. Bist du denn jetzt wieder ganz okay? Gerüstet für die nächste Klausur?“

Ada nickte. Sie stellte sich auf die Zehen und schaute über die Köpfe der Schüler hinweg. Nadine war nicht zu sehen. Vielleicht ist sie ja schon drinnen, dachte Ada. Die Vorstellung, dass Nadine einfach hineingegangen war, ohne auf sie zu warten, wo es doch ihr erster Schultag war, enttäuschte sie irgendwie. Langsam stieg sie die Stufen in den zweiten Stock hinauf. Die anderen Klassenkameraden begrüßten sie freundlich. Claudia, die Klassensprecherin, schien sich sogar sehr zu freuen, sie wieder zu sehen. „Mensch, Ada“, sagte sie, „du warst vielleicht lange weg. Wir haben dich richtig vermisst!“

„So?“, fragte Ada zweifelnd. Sie konnte sich nicht vorstellen, dass irgendein Mensch außer Nadine sie vermisst haben könnte.

„Ich wollte nämlich einmal etwas mit dir besprechen“, sagte Claudia, „wegen der Schülerzeitung. Du schreibst doch so tolle Aufsätze, und wir brauchen immer freie Mitarbeiter, die gut schreiben können. Wir hängen mit dieser

Zeitung ziemlich durch, weißt du. Uns fehlen Leute mit guten Ideen."

„Und du glaubst, ich habe gute Ideen?", fragte Ada verblüfft.

„Ja", sagte Claudia, „das denke ich. Allerdings macht so eine Zeitung ziemlich viel Arbeit. Wir hocken fast jeden Nachmittag in der Redaktion und ..."

„Ich glaube nicht, dass ich dazu Lust hätte", sagte Ada schnell, „auch noch nachmittags hier in der Penne rumzuhocken. Und das würde Nadine auch nicht gefallen. Du weißt doch, dass ich nachmittags immer mit Nadine zusammen bin."

Claudia verbarg ihre Enttäuschung. Sie nickte. „Ja, ja", sagte sie. „Das weiß ich natürlich. Es muss ja auch nicht jeden Nachmittag sein. Aber wenn dir die Freundschaft mit Nadine so wichtig ist ..."

„Allerdings", sagte Ada. „Sie ist das Wichtigste, das ich mir überhaupt vorstellen kann. Bei dir mag das was anderes sein. Du hast eben nicht so eine gute Freundin. Du weißt nicht, wie das ist."

Im gleichen Augenblick tat es Ada Leid, dass sie so etwas gesagt hatte. Wie blöd von mir, dachte sie ärgerlich. Als wenn Claudia etwas dafür kann, dass sie in der Klasse keine Freundin findet. Nur weil sie so ein Ass ist. Alle halten sie für eine Streberin, aber ich bin ziemlich sicher, dass sie fast überhaupt keine Zeit für Schularbeiten braucht. Sie ist eben gut. Ihr fällt alles unheimlich leicht. Die anderen sind bloß neidisch ...

„Tut mir echt Leid, was ich eben gesagt habe", murmelte Ada, „ich bin wirklich eine blöde Kuh. Ich hab's nicht so gemeint, Claudia."

Claudia hob den Kopf und schaute Ada an. Sie sah etwas blasser aus als vorher, aber ihre Stimme klang ganz ruhig, als sie sagte: „Schon okay, Ada. Mach dir keine Gedanken."

In diesem Augenblick tauchte Nadine auf. Ihr kastanienbrauner Haarschopf wippte durch die Reihen.

„Nadine!", schrie Ada. „Endlich!" Sie lief auf Nadine zu und breitete die Arme aus.

Ein paar Jungen feixten. „Schaut euch die an", sagte Tim, „dann wisst ihr, was wahre Liebe ist."

Tim, der neben Andi stand, verzog das Gesicht. „Ich find's abstoßend, diese Knutscherei unter Weibern. Was wollen sie eigentlich damit beweisen?"

Ada hatte sich längst an diese Sprüche gewöhnt. Es hätte ihr nichts ausgemacht, Nadine trotzdem genauso unbefangen wie sonst zu umarmen. Sie waren auch früher eng umschlungen über den Schulhof geschlendert und hatten sich nicht um die spitzen Bemerkungen der Jungen geschert. Ganz im Gegenteil: Irgendwie hatte ihnen das noch einen besonderen Spaß gemacht.

Aber Nadine wich plötzlich einen kleinen Schritt zurück und wandte den Kopf ab. Abwehrend streckte sie ihre Hand mit dem geschnürten Bücherpaket Ada entgegen. „Komm mir nicht zu nahe", sagte sie, „ich hab eine Mordsangst vor deinen Grippebazillen."

Sofort nahm Ada die Arme herunter. Sie wusste zwar, dass das mit den Grippebazillen eine Ausrede war, aber sie akzeptierte es. Offenbar war es Nadine heute peinlich, ihre Freundin zu umarmen.

Nadine wiederum hatte sofort ein schlechtes Gewissen. Sie kannte Adas Empfindlichkeit. Sie wusste, dass es Ada immer ganz besonderen Spaß gemacht hatte, wenn sie vor der versammelten Klasse die eineiigen Zwillingsschwestern gemimt hatten. Nur deshalb hatte sie immer mitgemacht. Aber plötzlich fühlte sie sich außerstande, das Spiel weiterzuführen. Selbst auf die Gefahr hin, dass Ada jetzt gekränkt war.

Um Ada zu besänftigen, fragte Nadine leise: „Bist du schon lange da? Ich hab unten noch bis zuletzt auf dich gewartet."

„Und ich hab auf dich gewartet", sagte Ada. Sie lachte jetzt wieder. Es machte sie glücklich, dass Nadine wirklich auf sie gewartet hatte.

Die Tür fiel krachend ins Schloss, und Dr. Ulrich, der Sozialkundelehrer, knallte einen Stapel Hefte auf den Lehrertisch.

„Guten Morgen!", rief er.

„Guten Morgen!", brüllten die Schüler zurück.

Ada beugte sich zu Nadine und flüsterte: „Heute nach der Schule lade ich dich zu einer Pizza ein – hast du Lust? Ich habe in den letzten Tagen ja überhaupt nichts ausgegeben. Ich fände das stark, und du?"

Nadine biss sich auf die Lippen, sie schaute dem Lehrer in die Augen, als sei sie unheimlich an seinen Ausführungen interessiert. Zwischen zusammengepressten Zähnen murmelte sie: „Wir reden in der Pause drüber. Der Ulrich hat uns immer im Visier."

Ada nickte.

Und Nadine dachte: O Gott! Jetzt muss ich es ihr sagen. Denn ausgerechnet heute Mittag will Michi mich von der Schule abholen. Ausgerechnet heute Mittag ... Was mach ich bloß?

In der großen Pause, als sie gemeinsam über den Schulhof schlenderten, fand Nadine endlich den Mut, Ada so etwas wie die Halbwahrheit zu sagen. Sie hakte sich bei Ada ein und fragte schmeichelnd, ob sie das Pizzaessen nicht auf einen anderen Tag verschieben könnten. Heute, das komme so überraschend. Wenn sie das gewusst hätte, hätte sie sich richtig fein angezogen für die Einladung.

„Aber ich finde, du siehst fantastisch aus, Nadine", sagte Ada mit ehrlicher Bewunderung. „Du strahlst so! Und die neue Frisur, das wollte ich dir vorhin schon sagen, steht dir unheimlich gut."

Nadine hatte sich am Morgen entschlossen, die Haare mit einer riesigen hellblauen Tüllschleife aus dem Gesicht zu binden. Sie hatte durch Zufall ein altes Foto von Princess wieder gefunden, auf dem die Sängerin mit dieser Tüllschleife aussah wie eine Rock-'n'-Roll-Tänzerin der fünfziger Jahre. Nadine gefiel das Foto so gut, dass sie die Frisur sofort ausprobierte.

Sie freute sich über das Kompliment von Ada. „Aber du siehst auch toll aus", sagte sie. „Jetzt sieht man erst, wie dünn du während deiner Krankheit geworden bist. Wenn du so weiterfastest, hast du bald eine Mannequinfigur."

Ada lachte. „Das werde ich bestimmt nie erleben. Ich habe immer noch überall zu viel Babyspeck. Aber es geht schon besser, oder? Zum ersten Mal fühle ich mich in den Jeans richtig wohl. Nicht mehr so wie die Wurst in der Pelle."

„Dann solltest du eigentlich in der nächsten Zeit auch auf Pizza und solche Sachen verzichten", meinte Nadine, „und mit deiner Diät weitermachen. Müsli und Jogurt und so. Das ist bestimmt ganz toll.

Ada blieb stehen. Sie schaute Nadine unschlüssig an. „Langsam bekomme ich das Gefühl, dass du überhaupt keine Lust hast zum Pizzaessen."

Nadine wurde hochrot. „Quatsch", protestierte sie. „Ich finde es unheimlich süß von dir, dass du mich einladen willst, ehrlich. Aber sollten wir das Geld nicht lieber für irgendetwas anderes aufsparen? Irgendetwas Tolles?"

„Aber was denn Tolles?", fragte Ada. Sie konnte ihre Enttäuschung kaum noch verbergen. „Ich dachte gerade, das wäre etwas Tolles, dass wir zusammen essen gehen. Aber wenn du keine Lust hast ..."

Nadine fuhr sich mit den Händen durch ihre Frisur. Dabei verrutschte die Tüllschleife, und das machte sie erst richtig wütend. „Jetzt muss ich in den Waschraum und meine Haare wieder in Ordnung bringen", schimpfte sie. „So ein Mist."

„Aber wieso regst du dich denn bloß so auf?" Ada musste sich beeilen, um mit Nadine Schritt zu halten. „Was ist denn bloß mit dir los, Nadine? Hat dich irgendjemand geärgert? Dann kannst du es mir doch sagen."

Nadine blieb stehen. „Mich hat überhaupt niemand geärgert", entfuhr es ihr. „Aber es macht mich total nervös, dass du immerzu hinter mir herrennst. Ich kann ja nicht mal mehr alleine auf die Toilette gehen! Das ist der echte Wahnsinn! Ich werd noch verrückt!"

Ada blieb wie angewurzelt stehen. Sie starrte Nadine fassungslos an.

Nadine bekam vor Verlegenheit einen Hustenanfall. Sie schaute zu Boden und stotterte: „Also ... so war das natürlich nicht gemeint, Ada. Entschuldige. Ich bin wirklich ein bisschen durcheinander, glaube ich ... Ich weiß auch nicht ... Tut mir Leid. War wirklich nicht so gemeint. Das weißt du doch, oder?"

Ada war kreidebleich geworden. Sie brachte vor Überraschung kein Wort hervor. Noch nie hatte Nadine so zu ihr gesprochen. Noch nie.

„Wenn es dich stört", sagte sie mühsam, „dass ich dir überallhin nachrenne, dann tut es mir Leid. Das wollte ich nicht."

Ada drehte sich um und ging mit steifen Schritten den Gang wieder zurück. Zwei Jungen, die ihr entgegenkamen, rempelten sie an, aber das merkte Ada überhaupt nicht. Sie hörte auch nicht, dass Nadine ihren Namen rief, sondern ging mit hochgezogenen Schultern auf den Schulhof zurück.

Nadine stand da mit hängenden Armen. „So ein Mist", schimpfte sie laut. „Dieser Tag ist wirklich total verdreht. Ich hätte überhaupt nicht aufstehen sollen. Ich hätte im Bett bleiben sollen. Das wär das einzig Vernünftige gewesen."

In der dritten Stunde, während der Physiklehrer versuchte, ihnen das Halbleitersystem zu erklären, schrieb Nadine an Ada einen Brief, den sie zusammenfaltete, in ihr Taschentuch knotete und nach vorn weitergab.

Ada betrachtete das Taschentuch. Sie warf Nadine, die aufmunternd zu ihr herüberlächelte, einen fragenden Blick zu.

Nadine nickte. „Lies!", sagten ihre Augen.

Ada zögerte. Sie war so tief verletzt, dass sie Nadine den Brief am liebsten ungelesen zurückgegeben hätte. Aber dann sagte sie sich, dass das die Situation nur noch weiter verschärft hätte. Ada begriff nicht, warum es überhaupt dazu gekommen war. Sie hatte sich so auf diesen Tag gefreut! Nie im Leben wäre sie auf den Gedanken gekommen, dass Nadine plötzlich keine Lust haben würde, mit ihr in die Pizzeria zu gehen. Nie im Leben! So oft hatten sie vor dem Lokal gestanden und zugeschaut, wie der Pizzabäcker mit der Holzschaufel die riesigen runden Fladen in den Ofen schob. Es war allgemein bekannt, dass die Pizzeria in der Bachstraße die beste im ganzen Viertel war. Und Nadine liebte Pizza, besonders die mit Kapern und Sardellen, die zehn Mark kostete. Ada begriff einfach nicht, was plötzlich los war ...

Langsam knotete sie das Taschentuch auf und las den Brief.

Liebste Ada!
Es tut mir so unheimlich Leid. Bitte, bitte, sei mir nicht mehr böse! Ich weiß auch nicht, was vorhin in mich gefahren ist. Ich bin wohl doch ein echter Skorpion. Die drehen sich eben manchmal wild im Kreis. Du hast mir ja schon öfter gesagt, dass ich zu Jähzorn neige, wahrscheinlich stimmt das sogar. Wirklich, Ada, du störst mich überhaupt nicht! Ich renne dir ja mindestens ebenso oft hinterher wie du mir. Da könntest du ja auch sagen: Mein Gott, die Nadine ist wie eine Klette. Das ist alles Blödsinn, nicht? Ich möchte nicht, dass durch so einen Quatsch plötzlich eine schlechte Stimmung zwischen uns entsteht.

Aber wegen der Pizza heute Mittag, da gibt es eben doch ein kleines Problem, weißt du. Die Sache ist nämlich die, dass ich heute nach der Schule abgeholt werde. Klingt komisch, nicht? Ist auch wirklich überhaupt keine große Sache. Es ist ein Junge, der in dem Bahnwärterhäuschen von meinem Vater nachmittags Trompete übt. Der ist total verrückt auf seine Trompete. Ich muss-

te ihm die Schlüssel von dem Häuschen bringen, und da haben wir „hallo" gesagt, und das ist praktisch auch schon alles. Er wollte wissen, wie unsere Schule aussieht. Er geht nämlich auf die Heimgartenschule. Und da habe ich gesagt, na gut, dann komm am Mittwoch vorbei. Ich dachte, du bist noch nicht gesund, weißt du. Als du krank warst, bin ich ja immer allein nach Hause gegangen, und da dachte ich, wär doch mal eine Abwechslung, von einem Jungen abgeholt zu werden. Verstehst du nun, Adalein? Ich bin unheimlich feige. Ich schaffe es nicht mal, dir so etwas unter vier Augen zu sagen. Schreiben ist einfacher. Aber wenn deine Einladung noch steht, dann könnten wir doch morgen Pizza essen gehen, was hältst du davon? Dann kann ich auch zu Hause Bescheid sagen, dass ich nicht zum Mittagessen komme. Du weißt doch, wie sauer meine Mami immer ist, wenn ich einfach wegbleibe und sie extra gekocht hat.

Küsschen!

Nadine

Ada las den Brief langsam, mit Unterbrechungen. Immer wieder schaute sie hoch, ob der Lehrer nichts merkte. Aber der hatte sich gerade in einen Disput mit seinem Lieblingsschüler eingelassen und kümmerte sich überhaupt nicht um den Rest der Klasse.

Als Ada den Brief gelesen hatte, faltete sie ihn sorgfältig zusammen und steckte ihn in ihre Hosentasche. Sie spürte Nadines brennenden Blick in ihrem Rücken. Nadine saß zwei Reihen hinter ihr. Die Sitze im Physiksaal waren nach hinten ansteigend wie in einem Kino. Aber sie drehte sich nicht zu Nadine um. Sie wollte erst nachdenken. Sie wollte erst für sich eine Entscheidung darüber treffen, ob Nadine sich richtig verhalten hatte oder nicht.

Sie hatte sich also tatsächlich mit einem Jungen getroffen! Einem Trompeter! Ausgerechnet Nadine, die überhaupt keine Ahnung von Musik hatte und nicht einmal Noten lesen konnte. Angeblich hatten sie nur „hallo" gesagt. Aber etwas mehr mussten sie wohl doch geredet haben, denn sonst wäre es wohl ziemlich unwahrscheinlich, dass der Trompeter sie jetzt von der Schule abholte.

Den Rest der Physikstunde verbrachte Ada damit, ihr Gehirn zu martern, ob ihr in der letzten Zeit, während ihrer Krankheit, an Nadine irgendetwas aufgefallen war. Hatte sie sich verändert? Und wenn ja – warum hatte sie es überhaupt nicht bemerkt?

Am Ende der letzten Stunde näherte sich Nadine zögernd der Freundin, die gerade ihre Bücher einpackte. „Hast du meinen Brief gelesen?", fragte sie leise.

Ada nickte, packte aber ruhig weiter.

„Und?", fragte Nadine.

„Und was?" Ada blickte hoch.

„Ich meine, bist du jetzt sauer auf mich?"

Ada zuckte mit den Achseln. „Wieso?", sagte sie. „Du bist doch ein freier Mensch. Du kannst machen, was du willst. Wenn du es toll findest, dass irgendein Typ dich von der Schule abholt, dann ist das ganz allein deine Sache."

Nadine seufzte. „Wie das klingt! Irgendein Typ. Er ist wirklich ganz sympathisch. Er heißt übrigens Michi." Als sie den Namen erwähnte, wurde Nadine sofort wieder rot.

Ada tat, als merke sie es nicht. „Okay", sagte sie. „Dann viel Spaß mit deinem Michi. Du musst dich bestimmt beeilen. Ich wette, er steht schon vor dem Schultor."

„Kommst du nicht mit?", fragte Nadine.

Ada schüttelte den Kopf. „Ich muss noch mal ins Lehrerzimmer, mit Frau Doktor Teich reden wegen Englisch. Ich glaub, ich hab doch ganz schön viel versäumt. Wir können ja heute Nachmittag mal telefonieren."

Nadine wirkte richtig erleichtert. Sie warf Ada eine Kusshand zu und eilte zur Tür. „Bis später!", rief sie, und schon war sie fort.

Außer Ada war nur noch Claudia im Klassenzimmer, die etwas mit farbiger Kreide an die Tafel schrieb. Eine Information über die nächste Schülervollversammlung. Als Nadine gegangen war, drehte sie sich zu Ada um. „Wenn du willst", sagte sie, „kann ich dir das mit der englischen Grammatik auch erklären. Du weißt ja, dass das für mich kein Problem ist."

Das wusste Ada. Claudias Mutter war Dolmetscherin und in Claudias Familie wurde fast nur englisch gesprochen, damit Claudia zweisprachig aufwuchs.

Ada zögerte. „Ich weiß nicht", sagte sie. „Ich wollte Frau Doktor Teich fragen, was sie mir rät. Welche Lektionen ich für die nächste Arbeit pauken soll oder so."

„Natürlich", sagte Claudia. „Ich verstehe." Sie wischte sich die Kreide von den Händen, winkte Ada zum Abschied, nahm ihre Schultasche und verließ das Klassenzimmer.

Ada stürzte sofort zum Fenster.

Das Klassenzimmer lag zur Eingangsfront, und man hatte vom zweiten Stock aus einen Überblick über den Schulhof, den Eingang und den Bereich für die Fahrradständer.

Adas Augen streiften suchend umher. Schließlich entdeckte sie Nadines kastanienbraunen Haarschopf mit der hellblauen Tüllschleife in einem Pulk von Leuten, die ihr

Fahrrad zum Ausgang schoben. Nadine hatte ihre Bücher auf den Gepäckträger geklemmt. Sie ließ sich vom Strom treiben. Plötzlich ging sie langsamer. Ada sah, wie die anderen Schüler an ihr vorbei zum Ausgang drängten. Dann hob Nadine plötzlich den Arm und winkte. Ada presste den Kopf noch dichter an die Scheibe. Jetzt erkannte sie einen Jungen, ziemlich groß, schlaksig, mit kurzen Stoppelhaaren, Jeans und Lederjacke, der auf der anderen Straßenseite an einer Litfaßsäule lehnte. Er winkte Nadine zu. Ada konnte sein Gesicht nicht deutlich sehen, aber sie war sicher, dass er lächelte.

Er stieß sich von der Säule ab und ging auf Nadine zu, und die beiden trafen sich genau auf der Mitte des Zebrastreifens. Sie blieben stehen, und Nadine schaute zu ihm auf. Ein Lastwagen näherte sich und erschrocken liefen Nadine und der Junge auf den Bürgersteig zurück. Wieder blieben sie stehen und schauten sich an. Ada hätte gerne gewusst, ob Nadine etwas sagte, was in ihrem Gesicht vorging, aber Nadine drehte ihr den Rücken zu, und ihr leuchtender Haarschopf mit der großen Schleife war nur von hinten zu sehen. Jetzt nahm der Junge ihr das Fahrrad ab und Nadine drehte sich zu ihm um.

Ada strengte ihre Augen an. War das eine Sinnestäuschung, oder hielten die beiden sich an der Hand? Jetzt konnte sie Nadines Gesicht sehen. Nadine strahlte. Jetzt warf sie den Kopf zurück, lachte, und der Junge erwiderte ihr Lachen. Sie standen einfach so da und schauten sich an und lachten.

Ada konnte es nicht mehr ertragen. Und dennoch brachte sie es nicht fertig, vom Fenster wegzutreten. Als Nadine und der Junge, den sie Michi genannt hatte, endlich gingen, schaute Ada ihnen hinterher, bis sie nur noch Punkte waren. Zwei Punkte und eine hellblaue Tüllschleife.

Ada verließ das Klassenzimmer, und als sie zusammen mit einigen Nachzüglern die Treppen hinunterstieg, merkte sie plötzlich, dass sie Tränen in den Augen hatte. Wütend zerrte sie ein Taschentuch aus der Hosentasche. Dabei flatterte Nadines zusammengefalteter Brief heraus. Ada hob ihn auf, ging damit zum Papierkorb und zerriss ihn in lauter kleine Schnipsel.

Als sie nach Hause kam, war ihre Mutter schon da. „Hey, Ada!", rief sie erstaunt. „Du bist schon zurück? Ich dachte, Nadine und du, ihr wolltet heute Pizza essen gehen. Hattest du mir das nicht gesagt?"

Ada hängte ihre Jacke auf. Ohne die Mutter anzusehen, ging sie in die Küche, öffnete den Eisschrank und nahm eine Flasche Mineralwasser heraus.

Aufmerksam verfolgte Frau Hamann jede ihrer Bewegungen. „Was ist los, Kind?", fragte sie.

„Nichts", antwortete Ada, klemmte die Mineralwasserflasche unter den Arm und verschwand in ihrem Zimmer. Sie sperrte die Tür zu, zog das Rollo herunter und warf sich angekleidet aufs Bett.

Am Nachmittag, Ada kramte schon seit Stunden lustlos in ihrem Bücherregal herum, klingelte das Telefon. Sie hörte, wie ihre Mutter unten abnahm und einen Augenblick später rief: „Ada! Telefon!"

Ada stand missmutig auf und öffnete die Tür. „Wer ist es?"

„Na, wer schon! Nadine natürlich!"

Sofort beschleunigte sich Adas Pulsschlag. Sie stürzte die Treppe hinunter und nahm, als sie auf dem Stufenabsatz zu schwungvoll in die Kurve ging, gleich den Oleander mit, der zum Überwintern dort abgestellt war. Hastig richtete sie den Baum wieder auf, klaubte die herausgefallenen Erdkrümel zusammen, streute sie in den Topf und rannte weiter. Atemlos nahm sie den Hörer ab.

„Hallo, Ada!" Nadines Stimme klang so fröhlich und unbekümmert wie immer. Das irritierte Ada schon wieder. Sie hatte angenommen, dass Nadine wenigstens ein schlechtes Gewissen hatte. Aber dann wurde ihr klar, dass Nadine nicht damit rechnete, dass sie mit Michi beobachtet worden war.

„Ich wollte dich fragen, was du gerade so treibst", sagte Nadine. „Ich sitze hier über Mathe und mir raucht der Schädel."

„Mathe hab ich mir überhaupt noch nicht angeschaut", antwortete Ada. Sie fand ein Gespräch über Schularbeiten in diesem wichtigen Augenblick für besonders überflüssig. Viel lieber hätte sie gewusst, was zwischen Michi und Nadine vorgefallen war.

„Kann ich ... ich meine, soll ich vielleicht vorbeikommen, und wir machen die Aufgaben zusammen?", fragte Nadine. „Du mit deinem klugen Köpfchen schaffst das doch im Handumdrehen, während ich mich abmühe."

„Von mir aus", sagte Ada. „Ich hab nichts vor." Beinahe hätte sie hinzugefügt: „Ganz im Gegensatz zu dir." Aber sie wollte es nicht auf die Spitze treiben.

„Also gut. Ich bin in einer Viertelstunde bei dir", rief Nadine fröhlich. „Setz schon mal das Teewasser auf. Ich bring Tee mit. Eine neue Mischung. Mit Vanillegeschmack. Super, sag ich dir. Ciao!"

Ada legte langsam den Hörer auf. Sie atmete tief durch

und warf einen schrägen Blick zum Oleandertopf hinauf. Wahrscheinlich, dachte sie, sollte ich jetzt den Staubsauger holen und richtig sauber machen. Ich bin wirklich ein Riesentrampel.

Als sie den Staubsauger aus der Besenkammer holte und sich umdrehte, stand ihre Mutter hinter ihr. „Na?“, fragte sie. „Alles in Ordnung?“

Ada lächelte. „Was soll denn nicht in Ordnung sein?“, gab sie zurück. „Ich hab bloß den blöden Oleander oben umgeworfen. Sollten wir den nicht endlich rausstellen? Ist doch schon Frühlingsanfang.“

„Ja, aber nachts hat es manchmal noch Frost.“ Sie sah ihre Tochter aufmerksam an. „Du bist ja plötzlich wieder so fröhlich.“

„Klar. Bin ich doch immer!“ Ada zog den Staubsauger hinter sich her und tat, als gäbe es nichts mehr zu reden.

„Aber heute Mittag, als du aus der Schule heimkamst, da hörte sich das anders an“, sagte Frau Hamann, „da hast du ein Gesicht gemacht, dass man sich fürchten konnte.“

„Heute Mittag war heute Mittag und jetzt ist jetzt“, sagte Ada. Es klang wie eine philosophische Weisheit, der nichts hinzuzufügen war. Als plötzlich auch noch der Motor des Staubsaugers losbrummte, hob Adas Mutter nur die Schultern und verschwand wieder im Wohnzimmer.

Ada brachte ihr Missgeschick mit dem Oleander wieder in Ordnung, räumte brav den Staubsauger weg und stellte dann in der Küche das Teewasser auf. Gerade als der Kessel zu pfeifen begann, klingelte es an der Haustür.

Nadine stand da, das Gesicht gerötet von der schnellen Radtour, das Bücherbündel unter dem Arm. Sie strahlte Ada an. „Da bin ich wieder“, sagte sie.

Der Nachmittag verlief fast genauso wie alle Nachmittage, die Ada und Nadine verbracht hatten. Nadine alberte herum und hatte wie immer keine Lust, sich auf die Schularbeiten zu konzentrieren. Sie rekelte sich auf Adas Bett, schmuste mit ihren Plüschtieren, blätterte in den Modezeitschriften und trank literweise Tee mit Vanillegeschmack. Ada war glücklich, dass Nadine wieder da war. Sie hatte plötzlich das Gefühl, dass ihr Zimmer ohne Nadine überhaupt keine Atmosphäre hatte. Ohne Nadine war es ein ödes, langweiliges, mit Ikea-Möbeln ziemlich fantasielos eingerichtetes Zimmer. Aber wenn Nadine da war und von den Dingen auf ihre bezwingende Art Besitz ergriff, dann begann plötzlich alles irgendwie zu strahlen. Selbst die Plüschtiere, mit denen Nadine ihre Faxen machte, bekamen ein richtiges Eigenleben. Wenn Nadine ging, fiel plötzlich alles wieder in sich zusammen. Wenn Nadine nicht da war, langweilte Ada sich sofort. Nur die ersten Vormittage, als sie krank war und sich schwach fühlte, hatte Ada ihre Einsamkeit genossen.

Jetzt war alles wieder gut. Hier bin ich, hatte Nadine gesagt. Und das klang, als wäre diese kleine Episode mit Michi schon vorbei. Als sollte alles wieder so werden, wie es immer gewesen war. Ada trank ihren Tee, besorgte die Schularbeiten für beide, holte aus der Küche eine Packung Haselnussplätzchen und war glücklich.

„Weißt du was?“, sagte Nadine plötzlich. „Ich hätte Lust, einmal irgendetwas richtig Verrücktes zu tun!“

„Du?“, fragte Ada. „Du ganz allein?“

„Blödsinn! Mit dir natürlich. Sag mal, Ada, wollen wir nicht einmal etwas Tolles planen?“ Sie warf sich auf Adas Bett und starrte nachdenklich an die Zimmerdecke.

„Irgendetwas Besonderes, weißt du. Raus aus dem Trott hier. Ich möchte mal etwas schön Verrücktes machen."

„Was schön Verrücktes fällt mir nicht ein", sagte Ada, „und Fasching hatten wir gerade."

Nadine dachte nach. Plötzlich schnippte sie mit den Fingern, richtete sich auf und strahlte Ada an. „Ich hab's", sagte sie. „Wir machen eine Radtour!"

„Eine Radtour?", fragte Ada verblüfft. Bislang hatte Nadine das Fahrrad immer nur als anstrengendes Fortbewegungsmittel betrachtet.

„Ja klar!", rief Nadine. „Ich hab doch jetzt meinen neuen Renner mit Fünfgangschaltung, und dein rosaroter Panther tut's doch auch noch, oder?"

„Der fährt wie geschmiert", sagte Ada. „Ich muss nur mal wieder ein paar Tropfen Öl auf die Kette geben."

„Siehst du." Nadine setzte sich auf und sah Ada begeistert an. „Das ist doch super! Wir machen eine Radtour übers Wochenende, irgendwohin, wo's schön ist. Romantischer See oder so was, und dann übernachten wir in einem richtigen Dorfgasthof in karierten Federbetten und lassen uns morgens von den Hühnern wecken."

Ada grinste. „Seit wann bist du denn auf dem Ökotrip? Federbetten und Hühnerhof, das ist ja ganz was Neues. Was ist denn mit dir los?"

„Ist doch sonnenklar!", sagte Nadine im Brustton der Überzeugung. „Was wir Großstadtpflanzen brauchen, ist die reine, frische Landluft, Spiegeleier zum Frühstück und mittags das Gemüse aus deutschen Landen frisch auf den Tisch!"

Ada und Nadine lachten. Wirklich, die Idee klang nicht schlecht. Ada überlegte, ob sie damit bei ihren Eltern, die sich immer sehr um ihre Sicherheit sorgten, eine Chance hätte.

„Na klar“, sagte Nadine, „das erlauben deine Eltern bestimmt! Was soll schon passieren? Ich meine, ein Gasthof, das ist doch etwas Solides. Und wenn wir zu zweit sind, da sind wir doch sicher. Trampen, das wäre etwas anderes. Das würden meine Eltern auch nicht erlauben.“ Nadine war, je mehr sie den Plan ausschmückte, Feuer und Flamme. Sie redete sich in eine solche Begeisterung hinein, dass auch Ada davon angesteckt wurde. Schließlich holten sie den Kalender von der Wand und studierten, welches Wochenende am geeignetsten wäre.

„Je später, desto besser“, sagte Ada.

Empört fragte Nadine: „Wieso? Ich finde, je eher, desto besser.“

„Wenn wir die Radtour zum Beispiel erst im Mai machen“, sagte Ada, „dann kann es schon richtig warm sein. Dann brauchen wir nicht so viele Klamotten mitzuschleppen und könnten Picknick am See machen und solche Sachen.“

Nadine verzog das Gesicht. „Aber ich habe keine Lust, so lange zu warten“, rief sie. „Am liebsten würde ich schon übernächste Woche fahren!“

„Übernächste Woche? Was ist denn das für ein Datum?“

„Der fünfte April“, sagte Nadine. „Da kann man auch schon Glück haben mit dem Wetter.“

Ada fand, im April sei es noch zu früh. „Im letzten April hatten wir sogar noch einen Schneesturm“, gab sie zu bedenken.

„Unsinn! Das passiert nur einmal im Jahrhundert! Wenn Engel reisen, scheint die Sonne. Außerdem: Was hindert uns daran, die Sache im Mai zu wiederholen? Übernächste Woche ist sozusagen die Testfahrt. Was meinst du?" Beifallheischend sah sie Ada an.

Ada war noch nicht überzeugt. „Und das Geld?", sagte sie plötzlich. „Wie wollen wir die Sache finanzieren?"

„Hab ich mir alles schon überlegt", sagte Nadine. „Wir verzichten auf das Pizzaessen, das macht schon dreißig Mark. Dann brauchst du nur noch zwanzig. Mit fünfzig Mark müssten wir inklusive Übernachtung pro Nase ganz locker auskommen."

„Fünfzig Mark könnte ich zusammenbringen", sagte Ada schließlich nach einer kleinen Überlegungspause.

Nadine strahlte. „Ich wusste es ja! Wir kriegen das hin. Ich pumpe einfach meinen Vater an. Wenn ich schön schmusig mit ihm bin, dann kann ich alles von ihm haben. Fünfzig Mark macht er locker, das weiß ich."

Sie räumte hastig das Teegeschirr auf das Tablett. Dann stapelte sie ihre Schulhefte, schnürte das Päckchen zusammen und sagte: „Und jetzt muss ich los, Ada."

„Jetzt schon?", fragte Ada. „Aber es ist doch gerade erst sechs Uhr! Sonst musst du doch immer erst um sieben zum Abendessen."

„Heute ist das anders. Mein Vater kommt früher heim. Die Eltern gehen heute Abend noch zu irgendeiner Versammlung."

Nadine errötete ganz leicht, als sie sprach, aber Ada bemerkte es nicht.

„Schade", sagte sie nur.

Nadine umarmte sie. „Morgen bringe ich eine Landkarte mit, und dann suchen wir uns ein tolles Ziel für unsere Radtour aus, ja? Du kannst inzwischen schon mal einen

Plan entwerfen, wie du es deinen Eltern beibringst. Soll ich das Tablett mit runternehmen?"

Ada schüttelte den Kopf. „Lass nur. Ich mach das schon. Ich hab ja eh nichts zu tun."

Nadine sah sie prüfend an. „Heute Abend gibt es, glaub ich, einen ziemlich guten Film im Fernsehen", sagte sie.

„So?", fragte Ada nur. Sie seufzte. „Okay", sagte sie schließlich. „Ich bring dich runter."

Unten vor dem Garderobenspiegel kämmte Nadine noch einmal ihre Haare.

„Du hast ja deine Tüllschleife gar nicht um", sagte Ada.

Nadine wehrte ab. „Ach, das war doch nur ein Witz."

„Ich fand's hübsch", sagte Ada.

„Ja?", fragte Nadine. Sie schraubte den Lippenstift auf und zog ihre Lippen nach. Dann fuhr sie mit den feuchten Fingerspitzen über die Augenbrauen. „Michi meinte, ich sehe aus wie ein Osterei mit Schleife", sagte sie.

Adas Herz schlug einen Salto. Den ganzen Nachmittag hatte Ada darauf gewartet, dass Nadine das Gespräch auf Michi bringen würde, aber die Freundin schien überhaupt nicht daran interessiert zu sein. Sie schien Michi vollkommen vergessen zu haben. „Und wenn Michi so etwas sagt", sagte Ada spitz, „dann richtest du dich sofort danach."

Nadine steckte Kamm, Lippenstift und Wimperntusche wieder ein. „Vielleicht hat er ja Recht", sagte sie. „Vielleicht hab ich wirklich ausgesehen wie ein Osterei mit Schleife. Ist ja auch egal. So offen gefallen mir die Haare sowieso besser." Sie machte wieder ihre berühmte Geste des Haareschüttelns, und Ada konnte einmal mehr mit einer Mischung aus Neid und Begeisterung sehen, wie kastanienrote Funken in ihrem langen Haar sprühten.

„Du hast dich ja noch mal richtig schön gemacht", sagte Ada mit plötzlich erwachtem Argwohn. „Gehst du noch irgendwohin?"

Nadine wurde rot. „Quatsch", sagte sie. „Ich hab dir doch gesagt, dass ich schon um sechs Uhr zu Hause sein muss. Ciao!" Schnell schlüpfte sie an Ada vorbei und war aus der Tür.

Ada schaute ihr zu, wie sie das Fahrrad aufschloss, die Hefte auf dem Gepäckträger befestigte und das Rad zum Gartentor schob.

„Bis morgen", rief Nadine. Bevor sie aufstieg, winkte sie noch einmal.

„Bis morgen", sagte Ada leise. Sie schaute Nadine nach, bis sie um die Ecke bog und verschwand. Nachdenklich schloss sie die Tür.

Ada hätte am liebsten ihr Rad aus der Garage geholt und wäre Nadine gefolgt. Sie hatte den brennenden Wunsch zu erfahren, ob Nadine sie angelogen hatte. Was tat sie jetzt? Warum wollte sie so schnell nach Hause fahren? Warum hatte sie sich diese dumme Ausrede ausgedacht, dass ihr Vater eine Stunde früher heimkäme? Sonst hatte Nadine so etwas nie interessiert. Ihre Eltern waren sehr großzügig. Nadines Eltern schimpften nicht einmal, wenn sie eine halbe Stunde zu spät zum Abendessen kam. Bei Ada hätte es sofort Krach gegeben. Aber das lag vielleicht auch daran, dass ihre Mutter arbeitete und immer ein bisschen nervöser und abgespannter war als Nadines Mutter, die heiter und ausgeglichen wirkte und nie gestresst war.

Hatte Nadine gelogen? Die Möglichkeit schien Ada so ungeheuerlich, dass sie selbst bei dem Verdacht erschrak. Durfte sie überhaupt so etwas denken? Nadine war ihre innigste Vertraute! Heilige Schwüre hatten sie getauscht, dass sie nie ein Geheimnis voreinander haben würden!

Aber warum hatte Nadine dann nicht von Anfang an erzählt, dass sie einen Jungen kennen gelernt hatte? Warum hatte sie ihr verschwiegen, dass es jemanden gab, der im Bahnwärterhäuschen Trompete spielte? Warum, warum? Sonst erzählten sie sich doch jede Kleinigkeit, und dass Nadine einen Jungen aus einer anderen Schule kennen gelernt hatte, der sie sogar von der Schule abholte, das zählte doch wirklich nicht zu den Kleinigkeiten, wenn man bedachte, was sie sonst erlebten ... Ada schaute auf die Uhr. Es war genau sechs Uhr. Wie magisch fühlte sie sich vom Telefon angezogen. Sollte sie bei Fröhlichs anrufen? Und was sollte sie sagen? Sie müsste einen Grund haben, vielleicht wegen der Schule, irgendetwas ...

Ada nahm den Hörer ab und wählte die Nummer. Ihr Herz schlug. Sie wusste immer noch nicht, was sie sagen wollte. Aber sie würde jedenfalls in einer Minute wissen, ob Nadine gelogen hatte oder nicht.

Das Telefon schrillte. Ada zuckte erschrocken zusammen. Hastig warf sie den Hörer auf die Gabel zurück. Wie schrecklich! Eine Freundin, die der anderen nicht traut! Eine Freundin, die der anderen hinterherspioniert! Wie schändlich!

Ada wurde ganz heiß bei dem Gedanken, dass sie beinahe einen unglaublichen Vertrauensbruch begangen hätte. Nadine ist meine Freundin, sagte sie sich, während sie in ihr Zimmer ging. Nadine lügt mich nicht an. Warum sollte sie? Es gibt keinen Grund, warum sie mich belügen sollte. Oder etwas vor mir verbergen. Nadine ist meine beste, einzige Freundin! Nadine belügt mich nicht.

Ada setzte sich in ihrem Zimmer an den Schreibtisch und schrieb auf eine leere Seite ihres Ringbuches: „Ich vertraue Nadine." Da fühlte sie sich plötzlich wieder wohl.

Die folgenden Tage verliefen ereignislos, wenn man davon absah, dass Nadine zweimal zu einer Verabredung nicht erschien und auch keine Erklärung für ihr Fernbleiben hatte, als Ada sie deswegen zur Rede stellte. Sie wurde nur über und über rot, eine Angewohnheit, die sich, wie Ada fand, in der letzten Zeit immer mehr verstärkte. In den Pausen wirkte sie oft abwesend und unkonzentriert. Ada ertappte sie mehrfach dabei, dass sie überhaupt nicht zuhörte, und wenn sie Nadine dann aus ihren Träumen riss mit der Frage: „Sag mal, woran hast du bloß eben gedacht?", dann schaute Nadine schnell zur Seite.

Oft aber, wenn sie zusammen im *Eboli* saßen, ihren Cappuccino tranken, sich Modezeitschriften anschauten oder über den letzten Fernsehfilm redeten, war es wie früher. Dann war Nadine ausgelassen und fröhlich, umarmte Ada auf offener Straße und schlenderte Arm in Arm mit ihr über den Schulhof, genau wie früher.

Von Michi sprachen sie nicht mehr. Nadine erwähnte ihn nicht, und Ada war froh darüber, weil es ihr das Gefühl gab, dass Nadine die Geschichte mit Michi nicht wichtig nahm.

Die Pläne für ihre Fahrradtour wurden immer konkreter. Ada hatte inzwischen die Erlaubnis ihrer Eltern, und Frank war großzügigerweise bereit, ihr seine Gepäcktaschen zu leihen.

Nachmittags, wenn Ada Nadine besuchte, hockten sie über Straßenkarten und den Broschüren der Fremdenverkehrsvereine und berieten ihre Route. Es war ausgemacht, dass sie am vierten April fahren wollten, nicht zu früh morgens, weil es da noch so kalt war. Gegen neun Uhr wollten sie losradeln, um zehn ungefähr die Landstraße erreicht haben und dann gemächlich durch die bayerische Voralpenlandschaft trudeln, Rast machen, wo es schön war, und alle Dinge anschauen, die am Weg lagen.

„Ich hab mir ja ehrlicherweise noch nicht einmal eine Barockkirche angeschaut", sagte Nadine. „Eine Schande für ein Mädchen, das in Bayern aufgewachsen ist."

„Stimmt", sagte Ada, „ein Kulturerlebnis könnte nicht schaden. Auf jeden Fall werden wir damit bei unserem Geschichtslehrer unheimlich Eindruck schinden."

Einen Gasthof hatten sie auch gefunden. Das *Gasthaus zum Hirschen* in Unterpolling, ein dreihundert Jahre altes Gasthaus „mit holzgetäfelten Zimmern und eingebauten Bettkojen wie in den alten Bauernhäusern", stand im Prospekt. Das Doppelzimmer kostete 25,– DM.

„Das nehmen wir", sagte Nadine. „Das wird bestimmt romantisch. Und abends gehen wir in eine Dorfdisko. Es heißt ja immer, dass da mehr los ist als in der Großstadt. Mal seh'n, ob's stimmt."

„Du redest", sagte Ada amüsiert, „als wenn du alle Diskotheken von München kennen würdest. Dabei warst du in deinem ganzen Leben gerade erst dreimal im *Jet Set* und sonst nirgendwo."

„Stimmt." Nadine lachte fröhlich. „Aber das kann sich schließlich ändern, oder? Irgendwann werden meine Eltern auch mal kapieren, dass die Zeit vorbei ist, wo ich die Abende mit ihnen vor dem Fernseher verbringe."

Ada hatte im Grunde nichts gegen Abende vor dem Fernseher. Ada hatte auch nichts gegen ihre Familie. Sie fühlte sich einfach noch zu jung für Diskotheken. Außerdem war es ihr dort zu verqualmt, die Musik zu laut, sodass sie Kopfschmerzen bekam, und überall in den Ecken saßen schmusende Pärchen.

Aber in so eine Dorfdisko, das fand sie auch, müsste man unbedingt gehen. „Das könnte eine Gaudi werden", sagte sie. „Vielleicht tanzen sie da noch einen Schuhplattler."

„Genau! In Lederhosen und Trachtenhut", sagte Nadine lachend.

Es war wie früher. Sie hatten ganz viel Spaß miteinander. Ada versuchte, die zwei Tage zu vergessen, an denen Nadine sie versetzt hatte. Und als sie das geschafft hatte, war sie wirklich glücklich. Zum Namenstag schenkte Nadine ihr einen kleinen Elefanten aus Jade, und Ada kaufte Nadine zum Jahrestag ihrer Freundschaft ein Tagebuch, das man abschließen konnte. Auf der ersten Seite stand: „In ewiger Liebe und Treue von deiner besten Freundin Ada."

Drei Tage später fuhren sie los. Es war ein frischer, windiger Morgen, als Ada und Nadine ihre schwer bepackten Fahrräder auf die Straße schoben. Nadines Eltern lehnten oben am Fenster und beobachteten den Aufbruch. Frau Fröhlich rief ihnen, als sie schon längst gestartet waren, immer noch Ermahnungen und fürsorgliche Ratschläge hinterher.

Nadine winkte nur und hörte überhaupt nicht zu. Sie strahlte über das ganze Gesicht. „Ich freu mich vielleicht, Ada", sagte sie. „Ich hab vor lauter Aufregung heute Nacht kaum geschlafen. Mensch, das erste Mal, dass wir allein etwas unternehmen dürfen! Ist doch toll, oder? Sieht fast so aus, als wenn die Eltern langsam merkten, dass wir erwachsen werden."

Ada hatte zwar überhaupt nicht das Gefühl, aber sie schwieg lieber. Sie hatte sich nach einer kurzen Strecke, bei der sie nebeneinander fahren konnten, an die Spitze gesetzt und machte nun für die ersten Kilometer das Tempo. Der Wind war scharf und blies ihnen genau ins Gesicht. Aber sie waren beide praktisch und warm angezogen, für Regenfälle hatten sie auch jede ein Cape im Gepäck. Gegen den Wind trugen sie breite Stirnbänder aus bunter Wolle, die ihnen, wie Ada fand, etwas Verwegenes gaben. Manchmal hupte ein Autofahrer und winkte ihnen zu, und Nadine ließ dann immer sofort beide Hände vom Lenker und winkte jauchzend zurück.

Gegen elf Uhr kam die Sonne durch und plötzlich wurde ihnen warm. Sie hielten bei einer Bäckerei, kauften sich warme Hefesemmeln und verschlangen sie gierig auf der Straße. Inzwischen hatten sie den Stadtrand schon hinter sich gelassen, die ersten kleinen Wäldchen tauchten auf, vereinzelte Bauernhöfe zwischen den hässlichen Möbelcentern und Autowaschanlagen, aber auch die hatten sie bald hinter sich gelassen, als sie ihrer vorgezeichneten Route folgten und auf die schmalen asphaltierten Landwege auswichen.

Eine Weile lief ein Bach neben ihnen her, an dessen moorigen Uferrändern dicke Sumpfdotterblumen blühten. Sie hielten, pflückten ein paar Blumen und befestigten sie an ihren Stirnbändern. Nadine holte ihren kleinen Taschenspiegel aus dem Gepäck und hielt ihn Ada vors Gesicht. „Du siehst aus wie eine Siouxfrau", sagte sie lachend. „Und ich wahrscheinlich wie Klein Adlerauge."

In der Ferne tauchte ein Dorf auf. Die Kirchturmuhr schlug zwölfmal, und als sie den Dorfkern erreicht hatten und zweimal den schönen, sprudelnden Brunnen umkreist hatten, beschlossen sie, Mittagspause zu machen.

In einem Gasthof, von dessen Terrasse man einen Blick über die hügelige, zartgrüne Frühlingslandschaft hatte, aßen sie riesige Portionen, tranken Unmengen Coca-Cola und ließen sich dann, satt und herrlich müde, zurückfallen und von der Sonne bescheinen.

Nach einer Weile, in der sie außer dem Muhen der Kühe und dem Brummen eines Traktors kein Geräusch gehört hatten, sagte Ada plötzlich: „Weißt du, ich bin richtig froh." Sie hatte die Augen geschlossen und hielt den Kopf der Sonne entgegen.

„Froh worüber?", fragte Nadine. „Dass wir uns die Bäuche so voll geschlagen haben?"

„Nein, nein. Ich bin froh, dass aus der Sache mit Michi nichts geworden ist."

Sofort öffnete Nadine die Augen. Sie schaute Ada verblüfft an. „Was für eine Sache mit Michi meinst du denn?"

„Na, es hätte doch sein können, dass sich da etwas anspinnt, oder?" Ada lächelte. Sie ließ die Arme nach hinten fallen und seufzte tief und glücklich. „Heute kann ich dir's ja sagen – ich hab ganz schön Angst gehabt."

„Wovor hast du Angst gehabt?"

„Na, davor", sagte Ada. „Davor, dass du dich auf einmal verliebst und alles zwischen uns aus ist." Sie drehte Nadine den Kopf zu und sah in Nadines erschrockene, weit aufgerissene Augen. „Was hast du?", fragte sie fröhlich. „Warum schaust du mich so an? Hast du vielleicht gedacht, ich mache mir überhaupt keine Gedanken um dich?"

Nadine schluckte. „Klar machst du dir Gedanken. Das weiß ich. Das habe ich doch gemerkt."

„Man hat es also gemerkt?"

„Natürlich." Nadine hob die Schultern. „Wenn man sich so in- und auswendig kennt wie wir uns, dann merkt man das eben. Deshalb ist ja alles so gekommen."

Ada starrte Nadine an. „Was ist so gekommen?", fragte sie.

„Na das", sagte Nadine achselzuckend. „Das mit Michi und mir."

Für einen Augenblick hielten beide den Atem an. Eine Fliege summte über ihre Köpfe, aber keiner scheuchte sie weg. Ada hatte den Kopf zur Seite gedreht, sie starrte auf die Weide mit den friedlich grasenden Kühen, den hellen Himmel, die Schäfchenwolken, die am Horizont entlangzogen.

„Also hatte ich doch Recht", sagte sie schließlich. „Also war mein Verdacht richtig."

„Ich weiß nicht, was für einen Verdacht du hattest", sagte Nadine, „aber ich bin froh, dass du es jetzt weißt."

Ada fuhr herum. „Aber ich weiß überhaupt nichts", schrie sie. „Überhaupt nichts!"

Nadine wurde blass. Sie schaute sich ängstlich um. Der Wirt, der im Gastraum ein Kreuzworträtsel löste, schaute nicht auf.

„Schrei doch nicht so, bitte", sagte Nadine zwischen zusammengepressten Zähnen. „Man muss doch deswegen nicht gleich schreien."

Ada biss sich auf die Lippen. Sie verschränkte die Arme über der Brust, damit Nadine nicht merkte, wie sie zitterte.

„Es ist ja nichts weiter passiert", sagte Nadine plötzlich

versöhnlich. „Überhaupt nichts. Michi und ich sind ... gute Bekannte. Ja."

„Gute Bekannte!", höhnte Ada. „Wie sich das anhört! So was sagt meine Mutter! Aber du doch nicht!" Sie starrte Nadine an. „Du bist in ihn verliebt. Sei doch wenigstens ehrlich. Ich sehe es dir doch an. Du wirst ja ganz rot! Du bist total verliebt in ihn. Schon die ganze Zeit, und du hast es vor mir verheimlicht! Du hast mich angelogen!"

„Bitte, Ada! Schrei nicht so. Du machst mich ganz verrückt. Du lässt mich ja überhaupt nicht ausreden."

„Okay. Ich höre."

„Also ..." Nadine fuhr sich unsicher mit der Zunge über die trockenen Lippen. „Es ist so, dass Michi, glaub ich, mich ganz gerne mag. Er hat das nicht so direkt gesagt, aber ich glaube schon, so wie er sich benimmt, dass er mich ein bisschen gerne mag."

„Und wie benimmt er sich?", fragte Ada.

Nadine zögerte. „Nett eben", sagte sie leise. „Er benimmt sich richtig nett."

„Und du? Benimmst du dich auch nett?"

Nadine seufzte. Sie legte ihren Arm um Ada, aber Ada blieb ganz steif. „Adalein, bitte! Sei doch nicht so sauer! Es ist doch überhaupt nichts passiert! Ich weiß gar nicht, wieso du dich so aufregst. Habe ich vielleicht gesagt, dass ich mich verliebt habe?"

„Nein", brummte Ada.

„Also." Nadine gab Ada einen Kuss. „Dann hör auf, so ein Gesicht zu ziehen. Du verdirbst uns die schöne Fahrt."

Ada holte tief Luft. „Okay", sagte sie. „Unter der Bedingung, dass du nicht mehr von Michi redest. Dann kann ich mich vielleicht dazu entschließen, ihn zu vergessen."

Nadine öffnete den Mund. „Ada“, sagte sie vorsichtig, „Michi ...“

Sofort hielt Ada sich die Ohren zu. „Du hörst doch, was ich sage! Ich will nichts mehr hören!“

Der Wirt erhob sich aus seiner Ecke und kam zu ihnen nach draußen. „Möchtet’s noch was trinken?“, fragte er.

Nadine schüttelte den Kopf. „Wir möchten zahlen“, sagte sie.

Der Wirt nickte. Er räumte die Teller ab und murmelte: „Ist eh besser, wenn’s ihr weiterfahrt, bevor ihr euch noch die Augen auskratzt.“

Nadine stieß Ada an. „Hast du gehört, was er gesagt hat?“

Ada nickte. Als sie Nadines grinsendes Gesicht sah, musste sie auch lachen.

„Wir müssen ja einen tollen Eindruck gemacht haben!“, prustete Ada. „Wie zwei streitbare Hennen! Wo wir doch eigentlich eineiige Zwillinge sind.“

Nadine umarmte Ada stürmisch. „Du bist richtig süß“, sagte sie aus tiefster Überzeugung. „Ich hab immer gewusst, dass man sich im Ernstfall doch auf dich verlassen kann.“

Während des Nachmittags schien unablässig die Sonne von einem strahlend blauen Himmel. Es wurde immer wärmer. Sie konnten erst ihre Jacken, dann die Pullis ausziehen und radelten nun in kurzärmeligen T-Shirts durch eine frühlingsbunte Landschaft. Es war wie im Bilderbuch. Im Hintergrund leuchteten die schneebedeckten Gipfel der Berge, auf den frühlingsfeuchten Wiesen grasten die Kühe, die Bauern fuhren mit ihren Traktoren aufs Feld, und auf den Dächern der Bauernhöfe bezogen Störche ihre Sommernester.

Dennoch wollte die richtige Fröhlichkeit bei den Mädchen nicht wieder aufkommen. Nadine versuchte verzweifelt, Ada aufzuheitern und von ihren düsteren Gedanken abzulenken. Sie ließ sich die verrücktesten Sachen einfallen, aber alles, was sie erreichte, war ein etwas verkrampftes Lächeln, so als ob sie eine Ahnung hätte von einem Unwetter, das heraufziehen könnte.

Erst am späten Nachmittag, als sie an einem Bachufer Rast machten, sich auf der Wolldecke ausstreckten und mit ein paar Gymnastikübungen den Muskelkrampf in den Waden lockerten, besserte sich die Stimmung. Sie teilten eine Tafel Nussschokolade. Brüderlich brachen sie jeden Riegel in der Mitte durch, genau wie früher, und tranken mit einem Strohhalm den letzten Rest aus der Cola-Dose.

Ada ließ sich auf den Rücken fallen, verschränkte die Arme unter dem Kopf, blinzelte in das rote Licht der untergehenden Sonne und fühlte sich auf einmal wieder richtig wohl. Ihr war bewusst geworden, wie viel Nadines Gegenwart für sie bedeutete, und sie konnte beinahe nicht glauben, dass sie so sehr von der Freundin abhängig war. Wenn Nadine nah bei ihr war, dann war sie glücklich. Wenn Nadine sich ausschließlich mit ihr beschäftigte, konnte Ada ihr alles vergessen und verzeihen.

In diesem Augenblick, als sie so einträchtig nebeneinander lagen, beide ein bisschen erschöpft von der ungewohnten Anstrengung, beide mit erhitzten Gesichtern und Schokoladespuren auf den Lippen, war Ada bereit, Nadine zu verzeihen, dass sie ihre Bekanntschaft mit Michi so lange vor ihr geheim gehalten hatte. Sie wunderte sich selber über ihre Toleranz. Sie dachte: Ich habe eben ein großes Herz. Und bei dem Gedanken musste sie plötzlich laut lachen.

Nadine warf Ada einen prüfenden Blick zu. „Warum lachst du?"

„Ich lache nur, weil ich glücklich bin", erwiderte Ada. „Das war wirklich eine unheimlich gute Idee von dir, diese Radtour. Jetzt ist es zwischen uns wieder genauso wie früher."

„Ja", antwortete Nadine, „genau wie früher."

„Jetzt macht es mir auf einmal überhaupt nichts mehr aus, die Sache mit Michi", sagte Ada. Sie schaute Nadine an. „Komisch, nicht? Auf einmal stört es mich nicht mehr."

Nadine lächelte, als glaubte sie Ada nicht ganz. „Das wäre toll."

Ada nickte. „Aber vielleicht liegt es bloß daran, dass Michi weit weg ist, aber ich bin hier", sagte sie. Und fügte zögernd hinzu: „Deshalb bin ich jetzt nicht eifersüchtig. An diesem Wochenende gibt es nur dich und mich. Immerzu." Sie lachte übermütig. „Und dein Michi hat keine Chance."

Nadine drehte den Kopf weg. Sie wollte nicht, dass Ada einen Verdacht schöpfte. Denn sie war vor Verlegenheit ganz rot geworden. „Man kann doch beides haben", erklärte sie schließlich, „eine unheimlich tolle Mädchenfreundschaft – wie zwischen dir und mir – und trotzdem auch mit einem Jungen befreundet sein. Das sind doch zwei vollkommen verschiedene Dinge. Das eine ist Freundschaft, das andere ist so etwas wie Liebe."

Ada dachte eine Weile nach. Sie riss einen Grashalm ab

und kaute ganz in Gedanken versunken darauf herum. Er schmeckte bitter.

„Das glaube ich nicht“, sagte sie schließlich nachdenklich. „Beides kann man nicht haben.“

„Wieso nicht?“, fragte Nadine verwundert. „Das kapier ich nicht.“

„Weil es nicht geht. Eines geht dabei in die Brüche. Entweder die Liebe oder die Freundschaft.“

Nadine schüttelte den Kopf, wollte etwas erwidern, überlegte es sich aber im letzten Augenblick anders. Sie warf einen Blick auf ihre Uhr. „Schon halb sieben“, sagte sie erschrocken. „Wir müssen weiter, wenn wir pünktlich sein wollen!“ Sie sprang auf und suchte hektisch ihre Sachen zusammen.

Ada stand gemächlich auf. „Wieso denn pünktlich?“, sagte sie. „Es ist doch vollkommen egal, wann wir in dem Gasthof ankommen. Stört doch niemanden.“

Nadine schüttelte die Wolldecke aus und rollte sie zusammen. „Aber mich stört es“, sagte sie. „Ich möchte spätestens um acht Uhr da sein. Ich will noch ankommen, wenn es hell ist.“ Sie hatte ihre Sachen schon längst verstaut und war startbereit, als Ada immer noch ihr Zeug zusammensuchte. Zwei Minuten später saßen sie wieder auf ihren Rädern.

Es wurde tatsächlich schon beinahe dunkel, als das gelbe Ortsschild von Unterpolling am Straßenrand auftauchte. Die letzten Kilometer hatten sie die Räder schieben müssen, weil die Straße beständig anstieg und ihre Kräfte nachließen.

Unterwegs hatten sie noch ein kleines Kaninchenbaby gerettet, das hilflos mitten auf der Straße hockte. Eine kurze Strecke war eine Pfadfindergruppe neben ihnen hergefahren, lauter feixende Jungen, die ihnen nach einer Weile aber rasant davongefahren waren.

Als sie jetzt endlich das Ziel erreicht hatten, war Ada so müde, dass ihr fast das Rad aus der Hand gefallen wäre. Sie hatte überhaupt keinen Blick mehr für die schönen alten Häuserfassaden, die rechts und links der Hauptstraße Spalier bildeten, auch die goldene Mariensäule in der Dorfmitte interessierte sie herzlich wenig.

„Ich brauch jetzt erst mal eine heiße Dusche", stöhnte sie. „Wo versteckt sich bloß dieser blöde Gasthof? Ich bin so müde, dass ich kaum noch was erkennen kann."

Nadine hingegen war auf der letzten Etappe immer munterer geworden. Sie plapperte und redete drauflos, trat auf der letzten Strecke wie ein Sieger der Tour de France in die Pedale und fuhr jauchzend, ihr Stirnband in der Hand schwenkend, ins Dorf ein.

Ada konnte nur den Kopf schütteln über so viel Energie. „Ich versteh nicht, wo du die Reserven hernimmst", stöhnte sie. „Warum bist du nicht genauso erledigt wie ich? Hast du etwa keine Sehnsucht nach einem Bett und einer heißen Dusche?"

Nadine lachte. Sie schaute sich aufmerksam in dem Dorf um. Alles, was sie sah, gefiel ihr. „Nach einer heißen Dusche habe ich schon Sehnsucht, aber müde bin ich kein bisschen. Im Gegenteil, ich fühle mich richtig unternehmungslustig. Außerdem hab ich einen Bärenhunger. Wir müssen sofort rausbekommen, wo es hier die größten Portionen gibt. Da vorne ist übrigens der *Gasthof zum Hirschen*!"

Der Gasthof sah wirklich Vertrauen erweckend aus. Man

glaubte ihm sofort seine dreihundert Jahre. Über dem Eingang hing ein schmiedeeisernes Schild, auf dem ein goldener Hirsch glänzte. Innen roch es nach altem Holz, nach Sauerkraut und Schweinebraten, und die Wirtin trug ein Dirndl wie in einem alten Ganghofer-Film.

Nadine strahlte. „Ist das süß hier!", rief sie.

Die Wirtin lächelte geschmeichelt. „Freut mich, wann's euch gefällt", sagte sie gutmütig. Sie nahm einen Schlüssel aus der Schublade und sagte: „Zimmer Nummer zwölf. Im zweiten Stock, zum Hof raus. Das Bad ist am anderen Ende des Flurs. Hängt das Besetzt-Schild an die Tür, wenn ihr duschen wollt. Das Schloss funktioniert nämlich nicht mehr."

„Okay, wird gemacht." Strahlend nahm Nadine den Schlüssel in Empfang.

Die beiden brachten ihr Gepäck in den zweiten Stock. Das Zimmer war zwar winzig, aber urgemütlich. Das Bettzeug war tatsächlich rot-weiß kariert.

Ada warf sich sofort auf das Bett. „Super – eine ganz weiche Matratze", rief sie, „da versinkt man ja! Aber toll gemütlich! Wo willst du schlafen – am Fenster oder an der Tür?"

„Mir egal", sagte Nadine. Sie öffnete die Fenster und schaute in den Hof hinunter, wo gerade jemand einen Eimer Putzwasser ausschüttete. In dem abgetrennten Hühnerhof flatterten die Hühner aufgeregt durcheinander. „Ich hab's ja gesagt", rief Nadine fröhlich, „hier werden wir vom Hahnenschrei geweckt. Ich seh ihn schon, wie er da herumstolziert zwischen all den Hühnern und sich aufplustert. Der sieht genauso aus, als würde er schon morgens um vier Uhr zu krähen anfangen."

Ada schloss schläfrig die Augen. Sie hatte ihre Turnschuhe ausgezogen und machte Fußübungen. „Von mir aus", sagte sie. „Ich wach davon bestimmt nicht auf."

Nadine verschwand, um das Bad zu inspizieren. Sie kam mit einer positiven Nachricht zurück. „Sieht ganz prima aus! Da hängen sogar frische Handtücher. Gehst du zuerst unter die Dusche, oder soll ich?"

„Wenn du willst", murmelte Ada träge, „kannst du ruhig zuerst gehen. Ich mach inzwischen ein kleines Nickerchen."

„Okay, okay", sagte Nadine. „Ich wecke dich dann."

Ada war wirklich von einer Sekunde zur anderen in einen Tiefschlaf gefallen. Ein Zeichen dafür, dass ihre Kondition wirklich nicht die beste war. Nadine weckte sie, als sie aus dem Bad zurückkam. Sie hatte ein Handtuch um ihre Haare gebunden und kramte in ihrer Reisetasche nach dem Föhn.

Ada rappelte sich mühselig aus dem weichen, kuscheligen Bett hoch. Sie winkte Nadine schläfrig zu. „Bis nachher", sagte sie, „falls ich dann wieder aufgewacht bin."

Aber die Dusche hatte eine fantastische Wirkung. Ada ließ sich so lange erst das heiße und dann das eiskalte Wasser über den Körper laufen, bis ihre Haut prickelte und sie sich so frisch und gut fühlte wie lange nicht. Ihre Müdigkeit war verflogen, und wenn sie je zwischendurch schlechte Laune gehabt hatte, war das endgültig vergessen. Die Radtour war tatsächlich eine Superidee von Nadine, dachte sie, während sie ihre Haare trocknete. Ich muss ihr das unbedingt noch einmal sagen.

Als sie ins Zimmer zurückkam, war Nadine nicht da. Ada dachte sich nichts weiter dabei, sondern nahm ein frisches T-Shirt aus ihrer Tasche, frische Socken und zog sich gemächlich an. Hin und wieder warf sie einen Blick aus dem Fenster; die ländliche Idylle mit Hühnerhof und Obstgarten gefiel ihr richtig gut. Zu Hause schauten sie immer nur auf die Hochhäuser der Neubausiedlung. Die ersten Sterne funkelten schon an dem dämmrig dunklen Himmel. Als sie angezogen war, die Haare gebürstet und sich ein bisschen geschminkt hatte, war Nadine immer noch nicht zurück.

Ada überlegt, wo Nadine sein könnte. Vielleicht in der Gaststube? Oder hatte sie eine erste Inspektionstour durch das Dorf gemacht? Das wäre eigentlich unfair. Die erste Inspektionstour hätte Ada gern mit ihr zusammen unternommen. Ada nahm sich vor, nicht gleich beleidigt zu sein, und verließ das Zimmer. Sie ging ins Erdgeschoss und landete in der Küche. Der Wirt, in einer fleckig-weißen Jacke, warf ihr einen überraschten Blick zu. „Suchst du was?"

Ada schüttelte hastig den Kopf. Die Tür nebenan führte zu den Waschräumen. Dann sah sie ein Schild, auf dem „Gaststube" stand. Ada drückte die Klinke herunter.

Zuerst konnte sie nicht viel sehen, der vordere Raum war vollkommen verqualmt. Aber als sie sich durch die blauen Rauchschwaden in die hintere Gaststube vorgekämpft hatte, stand sie plötzlich in einem gemütlich getäfelten Raum mit gepolsterten Sitzbänken und weiß gedeckten Tischen, auf denen kleine Schlüsselblumensträußchen standen.

Fast jede Nische war besetzt. Ada spürte die neugierigen Blicke der Dorfbewohner, die sicherlich jeden fremden Gast so musterten. Es war ein bisschen wie Spießrutenlaufen, und sie wollte eben umkehren, als sie Nadines kastanienroten Haarschopf in der hinteren Ecke entdeckte.

„Nadine!“, rief sie.

Nadine drehte sich um, und da sah Ada, dass Nadine nicht alleine war. Neben ihr, halb verdeckt von Nadines wallenden Haaren, saß Michi.

Ada blieb wie angewurzelt stehen.

Die Gedanken in ihrem Kopf wirbelten durcheinander. Was tut Michi hier?, fragte sie sich. Wie kommt er hierher? Gibt es denn solche Zufälle? Woher weiß er, dass wir hier sind? Oder hat Nadine es ihm erzählt? Hat er es vor lauter Sehnsucht nicht ausgehalten und ist uns hinterhergefahren? So eine Gemeinheit von dem Kerl. Uns das schöne Wochenende zu verderben ...

Nadine kam auf Ada zu. „Ada“, sagte sie in flehendem Ton, „Ada, bitte, sei nicht sauer. Aber Michi ist auch hier.“

„Ich hab doch Augen im Kopf“, sagte Ada.

Nadine runzelte die Stirn. „Du kennst Michi? Woher weißt du denn, dass er es ist?“

„Ich hab ihn gesehen, als er dich von der Schule abgeholt hat“, sagte Ada tonlos. „Vom Klassenzimmer aus. Da hat man einen sehr guten Überblick.“

Nadine wurde rot bis unter die Haarwurzeln. Sie legte versöhnlich ihre Hand auf Adas Arm, aber Ada tat, als spüre sie die Berührung gar nicht.

„Ada“, sagte Nadine beschwörend, „Michi ist nett, wirklich. Er freut sich, dass er dich endlich mal kennen lernen kann.“

„Das hätte er einfacher haben können“, erwiderte Ada kalt. „Dazu braucht er nicht sechzig Kilometer zu fahren, nur um mich kennen zu lernen. Das soll ich glauben – dass er nur deswegen gekommen ist?“

„Ada!“, flüsterte Nadine. „Ich habe dir ...“

„Er macht unser ganzes Wochenende kaputt", sagte Ada. Sie schaute über Michi, der sie angespannt beobachtete, hinweg auf das Bild einer Alpenlandschaft, das hinter seinem Kopf an der Wand hing. „Es ist unfair von ihm. Hast du ihm das gesagt?"

Nadine schüttelte heftig den Kopf. „Nein, das habe ich ihm nicht gesagt!"

„Weil du feige bist."

„Quatsch! Ada! Ich bin nicht feige!"

„Was denn?", fragte Ada. Sie schaute Nadine an. Ungerührt stellte sie fest, dass Nadine leichenblass war. Ihre Lider flatterten nervös. Immerzu knetete sie ihre Finger und schaute sich unbehaglich in der Gaststube um. Es war klar, dass die anderen Gäste sie neugierig beobachteten.

Endlich löste sich Nadine aus der Erstarrung, nahm Ada an der Hand und zog sie hinter sich her zu dem Tisch, an dem Michi saß und sich gerade eine Zigarette drehte.

„Michi", sagte Nadine atemlos, „das ist meine Freundin Ada, von der ich dir erzählt habe." Ohne Ada anzusehen, fügte sie leise hinzu: „Ada, das ist Michi."

Michi streckte Ada lässig die Hand hin. „Hallo", sagte er. „Freut mich. Echt. Ich weiß alles über dich."

Ada zog sofort ihre Hand zurück und versuchte so cool wie möglich zu wirken.

„Setz dich doch", drängte Nadine, „steh doch nicht so herum. Der Tisch ist doch gemütlich, oder? Ich finde, es ist der schönste Tisch im Raum. Wir haben schon mal die Speisekarte angeschaut. Es gibt unheimlich tolle Sachen."

Ada sah, dass Nadine und Michi sich zusammen ein Bier bestellt hatten. Die Vorstellung, dass sie aus einem Glas tranken, erbitterte sie noch mehr. Steif setzte sie sich auf die Kante der Polsterbank. Niemand sagte etwas. Michi drehte seine Zigarette zu Ende, leckte gemächlich über den gummierten Rand des Papiers und drückte mit aufreizender Sorgfalt den Tabak zurecht. Dann schob er den Tabakbeutel und das Mäppchen mit den Zigarettenblättern zu Ada rüber. „Rauchst du?"

„Danke", sagte Ada protestierend, „ich werd mir doch nicht meine Lungen verpesten."

Michi nickte. Adas Kommentar beeindruckte ihn nicht. Er lehnte sich zurück, lächelte unbefangen und sagte: „Das wird bestimmt ein ganz toller Abend. Ist ja eine gute Stimmung hier."

Nadine wurde verlegen, und Ada sagte heftig: „Bevor du hier aufgetaucht bist, war die Stimmung ausgezeichnet. Nadine und ich hatten uns auf einen schönen Abend gefreut. Aber damit ist es nun wohl vorbei."

Michi starrte Ada ungläubig an. Dann wanderte sein Blick zu Nadine. „Sag mal", fragte er, „war das ein Witz, oder was?"

Nadine hob abwehrend die Arme. Ihre Stimme klang, als würde sie jeden Augenblick in Tränen ausbrechen. „Meine Güte, macht doch nicht so ein Drama draus! Okay, ich gebe es zu, ich hätte früher darüber reden sollen."

„Worüber?", fragte Ada.

„Darüber, dass Michi und ich das so verabredet hatten." Sie holte tief Luft. „Bitte, bitte, Ada, reg dich jetzt nicht auf. Es ist wahr, ich wusste die ganze Zeit, dass Michi kommt. Ich hab mich nur nicht getraut, es dir zu sagen."

Ada starrte Nadine fassungslos an. Michi zog an seiner Zigarette. „Muss ja eine tolle Freundschaft sein", meinte er zögernd, „wo einer sich nicht traut, dem anderen die Wahrheit zu sagen."

Jetzt schluchzte Nadine wirklich. Wie um Verständnis flehend, zeigte sie auf Ada, die wie eine Rachegöttin steif auf ihrem Platz saß. „Du siehst doch, wie sie ist! Was sollte ich denn machen? Ich hatte keine Lust, mir die Laune schon von Anfang an verderben zu lassen. Und da habe ich gedacht, es reicht auch, wenn Ada es am Abend erfährt."

Michi blickte ratlos von der einen zur anderen. „Was hat Ada eigentlich gegen mich?", fragte er schließlich. „Sie kennt mich doch gar nicht."

„Darum geht es überhaupt nicht!", schluchzte Nadine. „Das ist doch ganz egal, ob sie dich kennt oder nicht. Sie hat überhaupt etwas dagegen."

„Wogegen?", fragte Michi.

„Na, gegen uns eben! Dagegen, dass wir beide zusammen sind."

„Träum ich, oder hab ich richtig gehört?" Michi riss die Augen auf. „Sie will dich also ganz für sich, oder was darf ich daraus schließen?"

Nadine senkte den Kopf. Sie wischte eine Träne aus den Augenwinkeln.

Ada wusste, dass sie das keine Sekunde länger ertragen würde. Ihr Herz schlug bis zum Hals. Sie stand langsam auf und sagte mit mühsamer Beherrschung: „Ich will niemanden ganz für mich. Ich habe bloß keine Lust, dass man mich für blöd verkauft."

Sie warf den Kopf in den Nacken und ging davon. In der Gaststube drängten sich inzwischen noch mehr Leute. Ada kämpfte sich zur Tür vor. Jemand legte ihr den Arm um die

Taille und sagte: „Na, schönes Kind? Magst ein Bier? Ich spendier dir eines. Ich hab heute meinen großzügigen Tag."

Ada bekam, während der Mann sprach, seinen Bieratem ins Gesicht. Angewidert befreite sie sich und stürzte durch die Diele nach draußen.

Draußen war es ruhig. Ein klarer, frischer Frühlingsabend. In den Häusern brannten die Lichter, die goldene Mariensäule wurde von einem Scheinwerfer angestrahlt, am Brunnen stand eine Gruppe Jugendlicher, die ihre Mofas an die Wand des Gasthauses gelehnt hatten.

Ada schlenderte ein paar Schritte die Hauptstraße hinunter. Ihr Gesicht glühte, und sie spürte dankbar den kühlen Abendwind auf der Stirn.

Am liebsten hätte sie vor Wut und Enttäuschung losgeheult, aber ihre Tränen blieben irgendwo auf dem Weg zu den Augen stecken. Sie empfand nach einer Weile nichts als Zorn.

Immer wieder versuchte sie sich zu erinnern, wie Nadine sie zu der Radtour überredet hatte. Ob Michi und sie von Anfang an den Plan gehabt hatten, sich hier zu treffen? Ob Nadine nur mit ihr weggefahren war, damit sie ungestört, ohne dass ihre Eltern etwas wussten, einen Abend mit ihm verbringen konnte?

Als Ada an diesem Punkt war, spürte sie von hinten zwei Arme, die sie umschlangen und Nadines Haare kitzelten ihren Hals.

„Adalein", flüsterte Nadine, „ich bin so eine gemeine Kuh. Ich könnte mich umbringen. Ich weiß echt nicht mehr, was mit mir los war. Bitte, Ada, sei nicht sauer. Bitte. Ich hab so ein schlechtes Gewissen. Mir ist das so unheimlich peinlich. Wirklich! Das musst du mir glauben, Ada! Ich halte das nicht aus, wenn du hier allein in dem Dorf herumgeisterst und wütend auf mich bist."

Ada rührte sich nicht vom Fleck. Vorsichtig löste sie Nadines Arme. „Sag mir die Wahrheit: Seit wann wusstest du, dass Michi hierher kommt?"

Nadine schluckte. Sie musste sich einige Male räuspern, bevor sie einen Ton herausbrachte. „Schon ziemlich lange", murmelte sie ausweichend. „Ist das jetzt noch so wichtig?"

„Für mich schon", sagte Ada. Sie legte den Kopf in den Nacken und betrachtete die Sterne. Ein so romantischer Abend hätte das werden können, dachte sie. Die Verzweiflung zerriss ihr fast das Herz.

„Also gut. Ich werd ehrlich sein. Ich hab's schon von Anfang an gewusst. Es war Michis Idee, zusammen wegzufahren. Aber ich wusste ja, dass meine Eltern das nie erlauben würden. Die wissen ja gar nichts von Michi und mir."

„Ach", sagte Ada, „die wussten auch nichts?"

Nadine schüttelte heftig den Kopf. „Wir haben uns doch immer in dem Häuschen getroffen. Wenn meine Eltern wüssten, dass ich da alleine mit einem Jungen war, also die hätten einen Riesenkrach geschlagen."

„Und was ist jetzt mit Michi?", fragte Ada.

„Was soll sein? Er sitzt in der Gaststube und wartet, dass wir uns wieder versöhnen. Ich soll dir sagen, dass es ihm Leid tut, wenn er nicht nett genug zu dir war. Aber ihn hat die ganze Situation auch überrumpelt."

Langsam drehte Ada sich um. Sie schaute Nadine an. „Ich hatte mich so auf dieses Wochenende gefreut", sagte sie traurig. „Ich hab gedacht, endlich wird alles wieder genauso wie früher. Bevor du Michi kennen gelernt hast.“

Nadine schaute Ada flehend an. „Aber es kann doch alles genauso werden wie früher! Du wirst sehen, Michi ist irrsinnig nett. Er ist nicht so ein Typ, der immer mit seinem Mädchen allein sein will.“

Ada versuchte, sich vorzustellen, was das bedeutete. Sie konnte es nicht. Sie hatte keine Erfahrung darin. Sie konnte sich ja nicht einmal genau vorstellen, was in Nadine vorging. Wie sehr sie in Michi verliebt war. Wie wichtig es ihr war, dass dieser Michi nun im Gasthaus saß. Ada war noch nie verliebt gewesen. Schmerzhaft wurde ihr das plötzlich bewusst. Nadine hatte einen Vorsprung. Nadine war einen Riesenschritt vorausgegangen, und Ada konnte ihr dahin nicht folgen. Eine verzwickte Situation.

„Komm endlich!“, flehte Nadine. „Mir wird kalt hier draußen. Wir bestellen uns jetzt erst mal was Feines zu essen, und dann überlegen wir, was wir machen können, ja? Michi hat gesagt, es soll hier eine tolle Disko geben. Überhaupt nicht ländlich oder so. Supermoderne Musik und ganz toll eingerichtet.“ Sie hakte sich bei Ada ein und drängte sie sanft in Richtung Gasthof. „Mensch, Ada, was für ein Gefühl, heute Nacht können wir machen, was wir wollen! Niemand kontrolliert uns, niemand schaut auf die Uhr, wann wir nach Hause kommen. Ich finde es echt verrückt.“

Ada antwortete nicht.

„Sag doch was!“, bat Nadine inständig. „Sei doch nicht so stur, Ada! Du wirst sehen, wir bekommen noch riesig viel Spaß.“

Ada verzog ihr Gesicht zu einem bitteren Lächeln. „Da

kann man ja gespannt sein", sagte sie, nicht mehr ganz so verzweifelt wie noch vor einigen Augenblicken.

Ada hätte schwören können, dass dieser Abend in einer Katastrophe enden würde. Längst war sie nicht mehr sauer auf Nadine – ein ganz anderes Gefühl hatte inzwischen von ihr Besitz ergriffen, und dieses Gefühl war bitterer und schmerzte mehr: Sie fühlte sich abgeschoben. Weggedrängt von einem schlaksigen Jungen, der, wie Ada fand, kein bisschen interessant aussah, immer nur grinste und Nadine nicht eine Minute aus den Augen ließ.

Selbst wenn Michi versuchte, mit ihr zu reden, glaubte Ada, dass er es nur tat, weil Nadine ihn gebeten hatte, nett zu Ada zu sein. Wahrscheinlich interessierte es ihn überhaupt nicht, was Ada auf seine Fragen erwiderte. Schaute er nicht immer über sie hinweg, wenn er redete? Jedenfalls hatte er immerzu seinen Arm besitzergreifend um Nadine gelegt und tändelte mit ihr herum, als wenn kein anderer Mensch auf der Welt existierte.

Ada litt Qualen. Sie hatte sich ein Schnitzel bestellt, aber ihr Magen war wie zugeschnürt. Lustlos stocherte sie in den Pommes frites herum, kratzte das Paniermehl vom Fleisch und ärgerte sich, dass sie 10,80 DM für etwas bezahlen sollte, das ihr überhaupt nicht schmeckte. Sie hatte sich ein Bier bestellt, aber davon wurde ihr beinahe übel.

Ada spürte die neugierigen Blicke der anderen Leute im Lokal. Nadine und Michi waren als Liebespärchen ja sehr deutlich auszumachen. Jeder aber fragte sich doch sicherlich, was sie, Ada, dabei zu suchen hatte. War sie vielleicht nur der Anstandswauwau?

Je länger sie zusah, wie Michi mit Nadine herumschmuste, ihre Haare bewunderte, ihre Wangen tätschelte, ihre

Hände streichelte, desto hässlicher und klobiger fühlte sie sich. Sie kam sich plump, bleich und ungeliebt vor.

Es war ja so deutlich, dass alle Jungen sich nur für Nadine interessierten. Nadine war das schöne, strahlende, aufregende Mädchen. Das war schon immer so gewesen.

Als Ada und Nadine im letzten Sommer die Tage im Schwimmbad verbrachten, hatte es immer Jungen gegeben, die sich an sie herangemacht hatten. Männer pfiffen ihnen ungeniert hinterher, wenn sie Arm in Arm die Straßen entlangschlenderten, und natürlich waren nie sie beide gemeint, sondern immer nur Nadine. Nadine hatte schon einen Busen. Nadine hatte einen wiegenden Gang wie die Mannequins auf dem Laufsteg, sie benutzte Lipgloss schon seit ihrem zwölften Geburtstag und färbte sich die Augenbrauen und die Wimpern.

Ganz klar, dass den Jungen ein Mädchen wie Nadine gefiel. Nadine war sexy, keine Frage. Und sie, Ada, hatte den Sex eines Hausschuhs, das war die Wahrheit. Sie hatte keinen Busen, konnte auf Stöckelschuhen nicht vernünftig laufen, sah geschminkt aus wie ein Glas Milch, das war die Wahrheit.

Nadine und sie hatten nichts gemeinsam. Ein Wunder eigentlich, dass sie so eng befreundet waren.

Ada hatte ihren Teller längst zurückgeschoben, mit Todesverachtung trank sie ihr Bier und beobachtete, während sie immer wütender wurde, das Liebespärchen, das ihr gegenübersaß.

Sie merkte sehr wohl, dass Nadine das Ganze peinlich war. Immer wieder versuchte sie, Michis Zärtlichkeiten abzuwehren, aber nicht, weil es ihr nicht gefiel, sondern nur, weil sie Adas kalten Blick spürte.

Ada dachte: Jetzt wünscht Nadine mich zum Teufel. Ich wette, dass sie davon träumt, sie wäre alleine mit Michi hier und könnte tun und lassen, was sie will. Ich wette, sie bereut es längst, dass sie mich mitgenommen hat.

Warum hat sie mich überhaupt mitgenommen? Eine Weile fiel Ada darauf nicht die richtige Antwort ein. Erst als Nadine einmal lachend, nach einem langen, zärtlichen Kuss, den die beiden vor Adas Augen getauscht hatten, plötzlich sagte: „Mensch, wenn das meine Eltern wüssten – ich glaube, die würden total ausflippen", da fiel es Ada wie Schuppen von den Augen.

Natürlich!

Nadine benutzte Ada als Alibi! Weil die beiden Mädchen zusammen waren, hatten ihre Eltern arglos zugestimmt. Als dieser Gedanke von Ada vollkommen Besitz ergriffen hatte, dachte sie, dass sie ersticken müsste.

„Ich komm gleich wieder", murmelte sie, erhob sich mühsam und ging zu den Waschräumen. Lange stand sie da vor dem Spiegel und starrte sich an. Alles sah sie, erbarmungslos registrierte sie jede unschöne Linie ihres Gesichts, über die sie sonst immer so locker hinweggesehen hatte. Ihre Zähne waren nicht blendend weiß und nicht so gleichmäßig wie die von den Mädchen, die im Fernsehen Werbung für Zahnpasta machten. Ihre Augenbrauen zu flach, ihre Augen, na ja, ihre Augen waren wohl wirklich ganz in Ordnung. Aber die Nase! Eine unmögliche Linie und unten viel zu breit. Ihre Nase war der Wahnsinn. Und dann der Mund. Wenn sie lachte, war er zu groß, wenn sie traurig war wie jetzt, war er zu klein, das Kinn zu vorstehend, der Hals zu lang, die Schultern zu rund. Falsch, falsch, alles falsch.

Ada hätte losheulen können und nie wieder aufhören mögen. Ihr Selbstbewusstsein, dieses besonders empfindliche Organ, das sich in den letzten Jahren wie in einem Treibhaus ganz gut entwickelt hatte, sackte in sich zusammen. So als hätte man das zarte, behütete Pflänzlein plötzlich in den eisigen Wind gestellt.

Ada sah in ihr Spiegelbild, wie die Tränen ihr die Wangen herunterliefen, aber sie tat nichts, sie abzuwischen. Eine Frau im Trachtenkostüm kam herein, stellte sich neben Ada und begann umständlich ihre Hände zu waschen. Sie warf einen neugierigen Blick herüber, sagte aber nichts. Kaum war sie wieder verschwunden, ging die Tür von neuem auf.

Nadine kam herein.

„Ada!“, rief sie. „Wo bleibst du denn! Wir wollen doch los! Michi und ich warten die ganze Zeit, dass du zurückkommst.“

Ada drehte sich zu Nadine um. Es war ihr gleichgültig, dass Nadine ihre Tränen sah. „Wo wollt ihr denn hin?“, fragte sie.

Nadine kam einen Schritt näher. „Sag mal ..., weinst du etwa?“, fragte sie erschrocken.

Ada hob die Achseln. „Keine Ahnung“, murmelte sie. „Ist doch auch nicht wichtig, oder?“

„Und ob das wichtig ist!“ Nadine sah Ada angstvoll an. „Weinst du etwa meinetwegen?“

„Nicht deinetwegen, unseretwegen.“ Ada wischte sich nun doch die Tränen ab. „Ich komme mir vor wie auf einer Beerdigung. Ich glaube, ich habe eben unsere Freundschaft begraben.“

Nadine umarmte Ada heftig und küsste sie auf die Wange. „Wie du redest, wirklich, Ada, manchmal geht die Fantasie mit dir durch! Unsere Freundschaft ist doch vollkommen in Ordnung. Ich mag dich doch ganz genauso wie vorher! Wie oft soll ich dir das noch sagen. An unserer Freundschaft ändert sich doch nichts."

Ada seufzte. „Schon gut, Nadine", sagte sie, sich langsam aus der Umarmung befreiend. „Du brauchst mir das nicht immer wieder zu sagen." Sie versuchte ein Lächeln, das etwas gequält geriet. „Also, wohin gehen wir?"

„In die Disko. Weißt du doch! Bist du wirklich okay?"

„Ich bin okay", sagte Ada tapfer. „Klar. Wieso auch nicht? Ist doch ein nettes Dorf, oder?"

Nadine sah Ada zweifelnd an. „Manchmal", sagte sie, „möchte ich wissen, was in deinem Kopf vorgeht."

„Eine ganze Menge, glaube ich", erwiderte Ada. „Aber ich werde es dir nicht sagen. Du hast deine Geheimnisse, und von jetzt an habe ich meine. Gehen wir?" Sie öffnete die Tür.

In der Disko war es heiß, stickig und dröhnend laut. Ada wäre am liebsten schon an der Eingangstür wieder umgedreht. Sie zahlten jeder fünf Mark und bekamen dafür einen Stempel auf den Handrücken. Dann wurden sie von den nachkommenden Leuten weitergeschoben in die Mitte des Raumes, in Richtung auf die mit roten Laserstrahlen beleuchtete Tanzfläche. Es wurde Hardrockmusik gespielt, eine Musik, nach der Ada überhaupt nicht tanzen konnte.

Michi jedoch zog Nadine und Ada in den Kreis und begann zu tanzen. Nadine zwinkerte Ada zu. Nadine tanzte traumhaft. Sie hatte Bewegungen wie eine Pantherfrau, etwas, das Ada immer begeistert hatte, wenn sie nachmittags nach ihren neuesten Platten getanzt hatten.

An diesem Abend fand Ada Nadines Art zu tanzen grauenvoll. Nadine zog eine Show ab, vor Michi und vor der gesamten Disko. Ada hatte das Gefühl, dass Nadine das Bier nicht vertragen hatte. Einmal, als sie eine Pirouette drehen wollte, geriet sie ins Schwanken. Ada wollte sie festhalten, aber Michi hatte sie sofort in den Arm genommen und tanzte nun mit ihr eng umschlungen, ihren Kopf an seine Schulter gebettet, und Ada hopste einsam und verlegen neben ihnen her. Sie kam sich überflüssig vor. Eine lächerliche Rolle, das fünfte Rad am Wagen zu spielen, dachte sie und sah sich nach einem Sitzplatz um.

Eine Ecke schien noch frei zu sein. Zumindest standen auf den Weinfässern, die als Tische dienten, weder Gläser noch Zigaretten, Feuerzeuge oder Ähnliches. Ada ließ sich in die Polster sinken und schloss sofort die Augen. Ein Laserstrahl leuchtete ihr so brutal ins Gesicht, dass sie nichts erkennen konnte. Da fühlte sie, wie jemand sie hochzog und auf die Tanzfläche zerrte. Es war Michi. Er grinste sie an. „Du magst mich nicht“, schrie er gegen den dröhnenden Lärm aus den Lautsprechern.

„Wieso? Hab ich das gesagt?“, schrie Ada zurück.

„Das braucht man mir nicht zu sagen. Jemand, der mich anschaut wie du, der mag mich einfach nicht.“

„Und wie schaue ich dich an?“ Ada versuchte, ein total ausdrucksloses Gesicht zu machen.

„Wie jemand, der ein Messer in der Tasche trägt.“

„Du hast eine Meise“, sagte Ada.

Michi grinste. „Schon gut. Du weißt genau, was ich meine. Du bist sauer auf mich, wie?“

„Ich bin sauer auf Nadine“, sagte Ada, „das ist was anderes. Dich kenne ich nicht. Du bist mir vollkommen egal.“

„Und wieso bist du sauer auf Nadine?“

Dass man so schreien musste, fand Ada absurd. Aber Michi gefiel es offenbar. Wo Nadine steckte, hatte sie noch nicht herausgefunden. Vielleicht war sie auf der Toilette. Vielleicht hatte Nadine Michi geschickt, um dieses Sondierungsgespräch mit ihr zu führen.

„Ich bin sauer auf Nadine“, sagte sie, „weil sie mich hier reingerissen hat. Ein ziemlich mieses Spiel von ihr.“

Michi nickte. „Geb ich zu. Aber was sollte sie anderes tun? Sie hatte Angst, es dir zu sagen. Sie dachte, du würdest eifersüchtig sein.“

„Eifersüchtig!“ Adas Stimme überschlug sich fast.

„Bist du denn vielleicht nicht eifersüchtig?“, fragte Michi.

Ada dachte einen Augenblick nach. Sie hasste es, gleichzeitig tanzen und nachdenken zu müssen. Sie blieb einfach mitten auf der Tanzfläche stehen und ließ sich von den anderen Leuten anrempeln.

„Eifersüchtig ist nicht das richtige Wort“, sagte sie schließlich. „Wahrscheinlich bin ich enttäuscht oder so was. Ich setz mich jetzt wieder hin. Die Musik macht mich fertig. Wo ist Nadine?“

„Auf der Toilette“, sagte Michi. „Okay, setzen wir uns.“

Als sie zu ihrem Platz gingen, kam auch Nadine, frisch gepudert und mit glänzenden Lippen, zu ihnen zurück. Ada spürte genau den fragenden Blick, den sie Michi zuwarf. Michi senkte leicht den Kopf, was wahrscheinlich bedeuten sollte: Keine Panik. Ich hab alles im Griff.

Ein junges Mädchen in schwarzen Lurexhosen kam an den Tisch und fragte, was sie trinken wollten.

„Ich hab keinen Durst“, sagte Ada.

„Quatsch! Natürlich trinkst du was. Ich lad dich ein", sagte Nadine. „Willst du eine Cola-Rum?"

Sie bestellte, ohne Adas Antwort abzuwarten, drei Cola-Rum. Ada hätte ihr gerne gesagt, dass es besser wäre, die Cola ohne Rum zu trinken, aber sie sagte es nicht.

Der Diskjockey wechselte unvermittelt von Hardrock zur weichen Welle.

„Jetzt kommt die allseits beliebte Schmusestunde!", rief er fröhlich ins Mikrofon. Und schon sprang Michi auf, nahm Nadine in den Arm und sagte: „Das ist für uns."

Als Nadine an Ada vorbeiging, beugte sie sich zu ihr herunter und sagte: „Er ist doch wirklich ganz lieb, oder nicht?"

Ada schaute Nadine nur an, ohne etwas zu erwidern. Die Getränke kamen. Ada trank die Cola-Rum mit einem Strohhalm und beobachtete Michi und Nadine auf der Tanzfläche. Die beiden benahmen sich wie ein Pärchen, das sich schon ziemlich gut kennt.

Michi redete immer auf Nadine ein. Nadine sah ihn an, sie lächelte, aber sie wirkte unsicher. Manchmal schüttelte sie den Kopf, dann hob sie hilflos die Schultern, dann küsste Michi sie wieder, und sie tanzten stumm eng umschlungen weiter.

Ada schien vergessen.

Ein Junge forderte sie zum Tanzen auf und Ada sagte nein. Aber der Junge zog sie einfach hoch und sagte lachend: „Was heißt hier nein? In die Disko geht man, um zu tanzen, oder? Um so dazuhocken, braucht man doch nicht in die Disko zu gehen."

Der Junge hieß Ferdi, war ein guter Tänzer und wahrscheinlich ein netter Kerl. Unter anderen Umständen hätte

Ada sich wahrscheinlich gefreut, mit ihm zu tanzen. Unter anderen Umständen hätte sie eine Riesengeschichte daraus gemacht. Aber jetzt dachte sie nur: Hoffentlich sieht Nadine mich jetzt. Hoffentlich merkt sie, dass ich genauso leicht einen Jungen angeln könnte wie sie. Aber ich tu's nicht. Ich bin eben anders.

Als Ferdi zu engem Tanzen übergehen wollte, hielt sie ihn auf Abstand. Ferdi lud sie zu einem Bier ein, aber sie sagte, sie habe noch eine halbe Cola-Rum an ihrem Platz.

„Dann geh und hol sie und hock dich zu uns", sagte Ferdi. „Ich sitz mit meinen Freunden in der anderen Ecke."

Nadine und Michi tanzten noch. Sie hatten die Blicke ineinander versenkt, als wollten sie von der Welt nichts anderes mehr sehen als nur noch sich selbst.

Ada nickte. „Okay", sagte sie, „ich komm ein bisschen zu euch."

Die anderen Jungen schienen alle in Ferdis Alter, sie alberten herum wie die Jungen aus Adas Klasse, machten schlüpfrige Witze, über die sie röhrend lachten, oder erzählten sich Geschichten aus der Clique, die Ada nicht interessierten. Nachdem sie eine Weile stumm zugehört hatte, wie Ferdi sich als Alleinunterhalter seiner Gruppe produzierte, erhob sie sich und ging an ihren Platz zurück.

Michi und Nadine waren zurückgekommen. Nadine strahlte. „Ada, find ich ja toll!", rief sie. „Das war ja ein netter Typ, mit dem du da getanzt hast. Ich hab dich die ganze Zeit beobachtet. Wie heißt er denn?"

„Ferdi", sagte Ada. Sie setzte sich.

„Wär doch toll, wenn er sich hierher setzen würde", sagte Nadine.

Ada wusste genau, warum sie das dachte. Um ihr eigenes schlechtes Gewissen zu besänftigen. Aber Ada wollte, dass Nadine ein schlechtes Gewissen hatte. Ada wollte auch, dass Nadine einen schlechten Abend hatte.

So einfach, dachte Ada, mache ich es dir nicht. „Ich will aber nicht, dass er herkommt", sagte Ada.

„Und wieso nicht?", fragte Michi.

Ada sah Michi an. „Darum nicht", sagte sie.

Darauf wagten Michi und Nadine nicht mehr zu tanzen, Ferdi hatte Ada längst aufgegeben und ein anderes Mädchen aufgefordert. Die Musik wurde immer lahmer, und um Mitternacht waren sie sich einig, dass es keinen Zweck hätte, noch länger herumzusitzen.

Sie gingen in den *Hirschen* zurück. Vor der Haustür gab Ada Michi die Hand. „Also ciao", sagte sie. „Schlaf gut."

Michi grinste. „Hier brauchst du dich nicht zu verabschieden. Ich komm mit rein. Ich wohne nämlich auch da."

Ada sah Nadine an und Nadine wurde feuerrot. „Er hat ein Zimmer im ersten Stock", sagte sie.

Ada schaute Nadine an. „Aha." Das war das Einzige, was sie sagte.

Daraufhin schwiegen alle drei. Sie holten sich die Schlüssel vom Bord, und stiegen wortlos die Treppen hoch. Im ersten Stock blieb Michi stehen. „Gute Nacht, Ada", sagte er.

„Gute Nacht", antwortete Ada. Sie ging hastig weiter, ohne sich umzusehen.

„Ich komm auch gleich, Ada", rief Nadine ängstlich. „Ich bin sofort bei dir."

Ada reagierte nicht. Sie stieg in den zweiten Stock,

schloss das Zimmer auf, schaltete die Deckenlampe ein, schloss die Tür, zog sich aus. Sie ging ins Bad und kehrte nach zehn Minuten wieder zurück. Nadine war noch nicht da. Sie legte sich ins Bett und kreuzte die Arme unter dem Kopf. Sie starrte gegen die Decke. Eine Fliege brummte immerzu gegen den gläsernen Lampenschirm, ließ sich fallen, fing sich im letzten Augenblick und summte wieder im Zickzackkurs durch das Zimmer, bis sie erneut gegen den Lampenschirm prallte.

Ada sah auf die Uhr. Es war halb eins. Sie stand auf, öffnete die Tür einen Spaltbreit und lauschte. Es war kein Laut zu hören. Sie schloss die Tür wieder, legte sich ins Bett. Um ein Uhr drehte sie den Lichtschalter aus. Ihre Augen brannten vor Müdigkeit, alle Muskeln taten ihr weh von der Radtour, aber sie konnte nicht schlafen. Je länger sie dalag und sich wünschte einzuschlafen, desto lauter pochte ihr Herz, desto wacher fühlte sie sich.

Sie hörte die Kirchturmuhr schlagen, jede Viertelstunde. Um halb zwei schlummerte sie ein, wachte aber eine Viertelstunde später vom Schlag der Kirchturmuhr wieder auf, schreckte hoch, knipste die Nachttischlampe an und schaute auf das andere Bett – es war immer noch unberührt.

Ada ließ die Nachttischlampe brennen. Sie schlief wieder ein, und als sie das nächste Mal aufwachte, hörte sie leise Geräusche im Zimmer. Sie blinzelte und sah, wie Nadine um das Bett herumschlich, sich auszog, dann wieder zurückkam, Adas Lampe ausknipste und dann endlich unter ihre Decke schlüpfte.

Es war so still, dass Nadine richtig hochfuhr, als Ada plötzlich sagte: „Wie spät ist es?“

„Oh“, rief Nadine erschrocken, „bist du wach?“

„Natürlich bin ich wach“, sagte Ada. „Wie spät ist es?“

„Ich weiß nicht genau“, flüsterte Nadine. „Halb drei oder so. Wieso schläfst du nicht?“

„Keine Ahnung“, murmelte Ada. „Muss wohl am Klima liegen. Vielleicht haben wir Vollmond.“

Schweigen. Nadines Bettdecke raschelte leise, als sie sich unruhig hin und her drehte. Nach einer Weile streckte sie ihren Arm aus, tastete über Adas Bettdecke und fragte so leise, dass es wie ein Flüsterton kam: „Ada, schläfst du?“

„Mhm …“, machte Ada. Sie schlief nicht. Sie war hellwach. Sie hatte die Augen weit geöffnet und starrte auf das Muster, das das Fenster gegen die Zimmerdecke warf.

„Ada“, flüsterte Nadine. „Ich kann mir vorstellen, was du jetzt denkst.“

Wie will sie das wissen?, dachte Ada. Ich denke an gar nichts. An den Kirchturm. An das Muster an der Zimmerdecke. An gar nichts eigentlich.

„Aber … Ada …, du musst mir glauben.“

„Mhm …“, machte Ada.

„Es ist nicht so, wie du denkst!“, wisperte Nadine eindringlich. Sie hatte sich seitlich aufgestützt und schaute Ada an. Aber Ada wusste, dass sie ihr Gesicht nicht sehen konnte.

„Ich denke überhaupt nichts“, sagte Ada schließlich. „Ich bin nur müde.“

„Natürlich denkst du! Ich weiß genau, was du denkst! Aber ich schwör’s dir, es ist nicht wahr! Wirklich! Ich möchte, dass du mir das glaubst! Du musst mir das glauben, Ada!“

„Warum?“, fragte Ada.

„Weil es wichtig für mich ist! Es ist nichts zwischen Michi und mir passiert! Jedenfalls nicht, was du jetzt vielleicht denkst."

Ada seufzte. Als wenn das noch eine Rolle spielt, dachte sie, jetzt, wo die Kiste sowieso vollkommen verfahren ist.

Nadine streichelte Adas Bettdecke. „Bitte, Ada", flüsterte sie. Ihre Stimme klang so einschmeichelnd wie früher, wenn Nadine Ada dazu bringen wollte, ihren Aufsatz zu schreiben. Immer hatte Nadine alles erreicht, was sie wollte. Immer war Ada beinahe dankbar und glücklich gewesen, wenn sie Nadine einen Wunsch erfüllen konnte.

Wenn Ada jetzt darüber nachdachte, wurde ihr übel. „Es interessiert mich überhaupt nicht, was du in diesen zwei Stunden in Michis Zimmer getan hast", sagte sie. „Ich möchte bloß schlafen. Sonst nichts. Tu mir einen Gefallen und halt den Mund."

Nadine starrte Ada an. Dann nickte sie eifrig. „Okay", flüsterte sie, „okay, Adalein. Ich bin ruhig. Ich sag nichts mehr. Ich bin ganz still."

„Gut." Ada drehte sich auf die andere Seite und hielt die Luft an.

Nadine kuschelte sich unter ihre Decke, und nach einer Weile hörte Ada Nadines gleichmäßige Atemzüge.

Ada dachte daran, wie es früher zwischen ihr und Nadine gewesen war. Die vielen Male, wo sie bei Nadine übernachtet hatte oder Nadine bei ihr. Wie sie sich amüsiert hatten, wie sie sich die halben Nächte hindurch Geschichten erzählt hatten, schaurige Geschichten, aber auch Liebesgeschichten, wie sie sich gegenseitig ihre Geheimnisse verraten hatten, eines nach dem anderen, bis sie den anderen besser kannten als sich selbst.

Wie schön das gewesen war, diese Vertrautheit, diese Innigkeit.

Ada wusste, dass sie das nie vergessen würde. Aber sie wusste auch, dass diese Zeit endgültig vorbei war. Als die Kirchturmuhr dreimal schlug, war auch Ada endlich eingeschlafen.

Am Morgen herrschte zwischen den beiden Mädchen eine frostige Stimmung. Sie schauten einander nicht an, packten stumm ihre Sachen zusammen und gingen dann, immer noch schweigend, in die Gaststube hinunter, um zu frühstücken. Es gab aufgebackene Semmeln, ein winziges Stückchen Butter pro Person und billige Marmelade. Dazu dünnen, lauwarmen Kaffee.

„Zu Hause schmeckt das Frühstück besser", stellte Nadine fest. Es war der erste Satz, der an diesem Morgen gesprochen wurde.

Ada hob nur die Schultern. Sie schaute aus dem Fenster auf die regennasse Straße. Sonntäglich gekleidete Dorfbewohner strebten der Kirche zu, manche hatten noch die Schirme aufgespannt, obwohl der Regen schon wieder aufgehört hatte.

„Mistwetter", schimpfte Nadine. „Im Regen auf dem Fahrrad zu sitzen, ist wirklich blöd."

Ada lächelte. „War diese Radtour nicht deine Idee?", fragte sie ironisch. „Du wolltest ja unbedingt im April los. Du konntest es ja nicht mehr abwarten. Na ja, jetzt weiß ich wenigstens, wieso."

„Ada!", sagte Nadine. An ihrem Ton spürte man, wie genervt sie war.

„Ja?" Ada hob die Augenbrauen. „Was ist? Habe ich etwas Falsches gesagt?"

Nadine sagte nichts. Sie senkte den Kopf und kaute verbissen an ihrer Semmel.

„Wo ist denn Michi überhaupt?“, fragte Ada nach einer Pause, in der man außer dem gleichmäßigen Ticken der Standuhr kein Geräusch in der Gaststube hörte.

„Er schläft noch, nehme ich an“, antwortete Nadine.

„Willst du ihm nicht guten Morgen sagen?“

Nadine schüttelte den Kopf. Sie vermied es, Ada anzusehen. „Wir haben uns heute Nacht schon verabschiedet. Ich hab ihm gesagt, dass wir ziemlich früh loswollen. Michi fährt allein nach Hause. Er trampt.“

Ada nickte. Sie spürte mit Erleichterung, dass alles, was Michi betraf, sie inzwischen viel gleichgültiger ließ. Es kam ihr so vor, als wenn diese Nacht etwas in ihr zum Zerreißen gebracht hätte. Ein Ring, der sich um ihre Brust gelegt hatte, war auf einmal zersprungen, und plötzlich schmerzte es gar nicht mehr so sehr. Inzwischen sah es beinahe so aus, als wenn Nadine mehr litt als Ada. Nadine war blass, sie hatte tiefe Ringe unter den Augen, und ihre Lider waren gerötet, als habe sie nachts geweint.

„Ada“, begann Nadine nach einer Weile, als sie den Rest aus der Kaffeekanne in die Tassen verteilt hatte, „ich habe eine riesengroße Bitte.“

„Ja?“, fragte Ada. Sie wusste genau, was das für eine Bitte war, aber sie wollte es aus Nadines Mund hören.

„Es ist wegen Michi“, begann Nadine zögernd.

Das hätte Ada sich denken können. Sie schaute Nadine fragend an, ohne sie zum Weiterreden zu ermutigen. Ada spürte, wie schwer es Nadine fiel, wie sie sich quälte. Aber das machte ihr nichts aus. Beinahe empfand sie nun so etwas wie Schadenfreude.

„Du kannst dir die Reaktion meiner Eltern vorstellen“, murmelte Nadine, „wenn sie erfahren würden, dass wir uns hier mit Michi getroffen haben.“

„Du meinst, dass du dich hier mit Michi getroffen hast“, korrigierte Ada ungerührt.

Nadine biss sich auf die Lippen. „Okay“, sagte sie, „wenn du es so haben willst. Meine Eltern kriegen einen Anfall, wenn sie erfahren, dass er hier war.“

„Logisch“, meinte Ada kühl.

Nadine schaute Ada flehend an.

„Deshalb wollte ich dich bitten ... Ich meine, ich wollte dich fragen ... Also, glaubst du, dass du eventuell ...“ Nadine geriet ins Stocken, sie stotterte, verhedderte sich, wurde feuerrot.

„Ich weiß nicht, was du meinst“, sagte Ada abwartend.

„Du weißt es genau!“ Nadine geriet langsam in eine Art Panik. „Du weißt genau, dass ich dich fragen will, ob du bereit bist, über diese Sache zu schweigen. Weil ich sonst daheim die Hölle erlebe.“

Ada hob gleichmütig die Schultern. „Von selbst werd ich schon nichts sagen“, meinte sie.

„Ja, aber meine Mutter wird dich bestimmt irgendwann fragen, wie's gewesen ist! Du kennst sie doch! Sie will immer alles ganz genau wissen. Haarklein! Bis in alle Einzelheiten.“

Ada wollte es der Freundin nicht zu leicht machen. „Dann wirst du dir ja wohl ein paar Lügen ausdenken müssen.“

Nadine nickte. „Ich mach das schon. Ich wollte dich nur bitten, dass du mir nicht in den Rücken fällst. Bloß darum.“

„Ziemlich viel verlangt, finde ich“, sagte Ada, „unter diesen Umständen.“

„Weiß ich doch“, flüsterte Nadine. Nervös zupfte sie an ihren Haaren herum. Wirklich, dachte Ada, so verstört habe ich Nadine noch nie gesehen.

„Wenn alles zwischen uns so wäre wie früher“, sagte Ada, „dann wäre das ja gar keine Frage. Früher hätte ich mit Leichtigkeit ein paar Lügen erfunden, um dir zu helfen. Obwohl ich lügen schwach finde, wie du weißt. Aber damals war das auch was anderes.“

Nadine starrte Ada an, schaute aber schnell wieder zur Seite. „Ich weiß“, flüsterte sie.

„Damals waren wir Freundinnen“, fuhr Ada gnadenlos fort, „damals hat einer für den anderen gradegestanden.“ Sie lachte plötzlich, als erinnere sie sich an einen guten Scherz. Aber ihr Lachen klang bitter. „Damals habe ich gedacht, dass ich für dich durchs Feuer gehen würde. Und du weißt, dass ich das wörtlich gemeint habe. Erinnerst du dich, wie wir diesen Artikel gelesen haben, über Leute, die durch ein intensives Willenstraining barfuß über glühende Kohle gehen können, ohne sich zu verbrennen? So was wollte ich tun, um dir zu beweisen ...“ Sie stockte plötzlich und runzelte die Stirn. „Ja, was eigentlich? Was wollte ich beweisen? Ich hab’s vergessen. Da siehst du, wie schnell sich alles ändert.“

Nadine legte die Hand auf Adas Arm. „Es ist unheimlich wichtig für mich!“, flüsterte sie. „Wenn meine Eltern erfahren, was hier gewesen ist“, flüsterte Nadine, den Tränen nahe, „dann werden sie mir verbieten, Michi je wieder zu sehen!“

Ada schwieg. Sie stand auf und ging ans Fenster. Die

Straßen waren noch regennass, aber die Wolkendecke begann schon wieder aufzureißen. In der Ferne sah man einen Streifen blauen Himmel.

Nadine war hinter Ada getreten. Sie lehnte ihren Kopf an Adas Rücken. „Ada“, bat sie, „sag doch was. Du bist doch immer noch meine Freundin.“

„Schon gut“, antwortete Ada nach einem tiefen Seufzer. „Ich werde nichts sagen. Aber nun lass uns über die ganze Sache nicht mehr reden. Ich meine das wirklich ernst. Wenn sich diese ganze Radtour für mich gelohnt haben soll, dann würde ich jetzt gerne starten. Wir wollten doch noch das Kloster Marienbrunn besichtigen. Du weißt, dass dort nur bis zwölf Uhr mittags Besuchszeit ist.“

Nadine erwachte wie aus einer Erstarrung. Sie lächelte schüchtern, streckte die Arme nach Ada aus, so als wollte sie die Freundin umarmen.

Aber Ada schien es nicht zu bemerken. Ohne sich nach Nadine umzudrehen, ging sie zur Tür.

Ada hielt Wort. Sie erzählte weder ihren Eltern noch Nadines Eltern ein Sterbenswörtchen über Michis Auftritt. Sie erwähnte niemals seinen Namen. Aber auch über Nadine sprach sie kaum noch. Wenn ihre Eltern oder ihr Bruder nach Nadine fragten, antwortete sie lustlos und einsilbig. Nie mehr rief Ada bei Nadine an. Und wenn Nadine unangemeldet vorbeikam, immer ein bisschen verlegen, beinahe mit einer ständigen Bitte um Entschuldigung auf den Lippen, war Ada freundlich, aber auch reserviert, und weil ein richtiges intimes Gespräch nicht mehr zustande kam, endete der Besuch ziemlich rasch. Ada spürte, wie sie sich jedes Mal verkrampfte, wenn Nadine versuchte, so unbekümmert zu sein. Wie kann sie nur so tun, als wäre alles wie früher, dachte Ada verbittert, wie kann sie denken, dass ich ihr alles verziehen habe? Sie hat unsere Freundschaft zerstört, nicht ich. Ihr geht es gut, sie ist verliebt, sie denkt ja eigentlich an nichts anderes mehr als an diesen Michi. Ich weiß genau, dass es ihr vollkommen egal ist, ob ich leide oder nicht. Sie will ja nur Frieden zwischen uns, damit sie es schön bequem hat.

Aber so einen Frieden will ich nicht. Ich will nur entweder – oder: eine Freundschaft wie früher oder keine Freundschaft mehr, dann eben etwas anderes.

Frau Hamann beobachtete ihre Tochter in diesen Tagen mit Sorge. Sie sah, wie lustlos Ada ihre Nachmittage und Abende allein zu Hause verbrachte, wie blass und dünn sie wurde. Eines Tages hielt sie es nicht mehr aus. Sie ging zu ihr und sagte: „Ada, auch wenn deine Freundschaft mit Nadine nicht mehr so ist wie früher – davon geht die Welt nicht unter, es gibt auch noch andere Dinge im Leben, neue Dinge, du darfst dich nicht zu Hause vergraben. Schau dich um. Ich wette, es gibt Leute in deiner Schule, mit denen du dich ebenso gut verstehen kannst wie früher mit Nadine."

Nadine fühlte sich am Anfang ihrer ersten Liebe wie im Himmel. Am liebsten hätte sie die Tage singend und tanzend verbracht, wenn sie sich im Bad zurechtmachte, zwinkerte sie ihrem Spiegelbild zu, und noch niemals vorher hatte sie sich selber so richtig schön gefunden wie jetzt, wo sie wusste, dass jemand sie liebte.

Jede freie Minute, die Michi erübrigen konnte, verbrachten sie gemeinsam. Artig und still saß Nadine auf dem

Stuhl, während Michi Trompete übte, unverdrossen, mit einer Leidenschaft, die Nadine manchmal geradezu eifersüchtig machte. Sie stellte fest, dass Michi nach einer Weile ihre Anwesenheit vollkommen vergaß. Er war so versunken in seine Musik, er spielte fast immer mit geschlossenen Augen, nur wenn er neue Griffe übte, öffnete er kurz die Augen, und dann hoffte Nadine immer, dass er ihr einen kleinen zärtlichen Blick zuwerfen würde, aber meist drehte er sich einfach weg und spielte, das Gesicht zum Fenster gewandt, während sie weiter still dasaß.

Einmal sagte sie zu ihm: „Ist es dir eigentlich egal, ob ich hier bin?"

„Wie meinst du das?" Michi sah sie verständnislos an.

„Ich meine es, wie ich es sage. Findest du es gut, dass ich dabei bin, wenn du übst, oder nicht, das will ich wissen."

Michi lächelte, er streichelte seine Trompete. „Aber das ist doch vollkommen gleich, Nadine. Ich meine, wenn ich übe, dann übe ich. Dann konzentriere ich mich total auf meine Musik."

Nadine schaute ihn nachdenklich an, dann nickte sie. „Also könnte ich auch ebenso gut nicht da sein, oder?"

Michi legte seine Trompete zur Seite und kniete neben Nadines Stuhl. Jetzt erst verstand er den Sinn ihrer Frage. „Nadine", sagte er ruhig, „du weißt doch, dass ich das ganz toll finde, wie wir beide zusammen sind."

„Echt?", fragte Nadine zweifelnd.

„Echt! Hundertprozentig. Das musst du doch fühlen!"

„Ich fühle bloß, wie sehr du deine Trompete liebst."

„Also, Nadine." Michi seufzte. „Versteh das doch. Du bist das eine und meine Trompete ist das andere. Ich liebe dich, aber meine Musik liebe ich auch. Und wenn ich Musik mache, dann kann ich an nichts anderes denken."

„Bei mir ist das anders", sagte Nadine. „Ich denke immerzu an dich, den ganzen Tag. Ich kann mich auf nichts anderes mehr konzentrieren. Ich brauche auch gar nichts anderes als unsere Liebe. Das reicht mir vollkommen."

Michi schaute sie an. „Wirklich?", fragte er.

Und Nadine sagte: „Ja, wirklich", ohne einen Augenblick zu zögern.

Nach einer Weile allerdings, wenn sie an das Gespräch zurückdachte, beschlich sie ein merkwürdiges Gefühl. Vielleicht konnte diese erste Liebe, die sie nun erlebte, doch nicht alles ersetzen, was früher gewesen war. Immer häufiger kamen ihr die Tage mit Ada in den Sinn, die Stunden, in denen sie sich Geheimnisse erzählt und ihre tiefsten Wünsche und Träume verraten hatten. Die Nächte, in denen sie vor lauter Herumalbern und Spaßmachen nicht einschlafen konnten, die Briefe, die sie sich geschrieben hatten, und die Bücher, über die sie reden konnten, bis sie einen heißen Kopf hatten.

Manchmal verspürte Nadine den sehnlichen Wunsch, über das, was sie jetzt erlebte, was sie bestürzte, aber auch glücklich machte, mit einem Menschen wie Ada zu reden. Mit einer Freundin, vor der man nichts verbergen musste und die einen verstand bis in die letzten Falten der Seele.

Als sie Michi kennen lernte, hatte sie gedacht, dass diese erste Liebe so groß sei, so etwas Einmaliges, Wunderbares, dass sie alles andere in den Schatten stellen würde.

Aber nun, je mehr sie sich an die Liebe und das Zusammensein mit Michi gewöhnte, wurde ihr klar, dass die Liebe zu einem Jungen nicht alles ist. Ihre Freundschaft mit Ada war in der Erinnerung auf einmal etwas viel Wichtigeres, Größeres als die Liebe zu Michi.

Alles wurde ein bisschen zur Gewohnheit. Dass er sie von der Schule abholte, machte ihr kein Herzklopfen mehr. Wenn er mit der Linken sein Rad schob und den rechten Arm um ihre Schultern legte, erbebte sie nicht mehr vor Wonne. Wenn er sie küsste, schloss sie automatisch die Augen, aber so schön, so herzklopfend aufregend wie beim ersten Mal war es schon lange nicht mehr. Sie lernte, je länger sie Michi kannte, auch seine Schwächen kennen. Er war launisch, reagierte gereizt, wenn man ihn um etwas bat, zu dem er keine Lust hatte, er kaute an den Fingernägeln, und Nadine fand, dass er sich öfter die Haare waschen könnte.

Das Idol bekam die ersten Risse, die Liebe bröckelte.

Nadine fragte sich, ob sie jemals wieder mit Ada eine Freundschaft haben könnte wie damals, bevor sie Michi kennen gelernt hatte.

Aber dafür war es im Augenblick wohl noch zu früh. Dafür hatte sie Ada zu sehr verletzt.

Nadine seufzte. Vielleicht später irgendwann, dachte sie hoffnungsvoll, während sie Ada aus der Ferne beobachtete. Vielleicht irgendwann einmal wieder.

Vier Wochen nach ihrer Radtour ging Ada in der großen Pause auf Claudia zu.

„Hallo, Claudia“, sagt sie.

Claudia heftete gerade einen Aufruf für die Schülerversammlung an das schwarze Brett im Schulhof. Überrascht drehte sie sich um. Als sie Ada erkannte, lachte Claudia erfreut.

„Hallo, Ada!"

„Ich würde gerne einmal mit dir sprechen", sagte Ada zögernd.

„Klar", antwortete Claudia freundlich. „Jetzt gleich, wenn du willst. Worum geht's?"

„Ich wollte dich fragen", sagte Ada, „ob dein Angebot von damals immer noch gilt."

„Du meinst mein Angebot, an der Schülerzeitung mitzuarbeiten?", fragte Claudia. „Aber selbstredend! Das Angebot steht!"

Ada lächelte unsicher. „Ich hab darüber nachgedacht. Ich glaube, ich hätte jetzt wirklich Lust, an dem Projekt mitzuarbeiten. Muss eigentlich Spaß machen, eine Zeitung zu machen. Ich hab mir auch schon ein paar Themen ausgedacht."

Claudia nickte. Sie sah Ada aufmerksam an. „Toll, dass du dich doch plötzlich durchgerungen hast. Ich hatte die Hoffnung schon fast aufgegeben."

„Ich hab mich eben nicht so schnell entschließen können", sagte Ada ausweichend.

Claudia nickte. „Schon in Ordnung."

Sie gingen nebeneinander durch die Glastür, die auf den Schulhof führte.

„Wenn du willst", sagte Claudia, „stell ich dich gleich den anderen Leuten von unserem Team vor."

„Was für Leute?", fragte Ada erschrocken. „Ich dachte, du machst das ganz allein!"

„Eine Zeitung ganz alleine machen?" Claudia lachte.

„Das ist doch ganz unmöglich! Wir brauchen viele Leute dazu. Reporter zum Beispiel und jemanden, der sich um die Grafik kümmert. Außerdem jemanden, der mit der Druckerei verhandelt. Eine tolle Zeichnerin haben wir schon. Du mit deiner Sorgfalt könntest die Texte überarbeiten und natürlich schreiben. Es ist alles genau wie bei einer richtigen Zeitung. Natürlich nur ein bisschen bescheidener." Claudia sah sich suchend auf dem Schulhof um. Plötzlich zog sie Ada am Ärmel in die Ecke des Schulhofes, wo die älteren Schüler sich immer aufhielten. „Da hinten steht Tim", sagte sie. „Das ist unser Grafiker. Tim ist eine Riesenbegabung, sag ich dir. Er will später mal in die Werbung, glaube ich. Vom Sehen kennst du ihn ja bestimmt schon. Er geht in die zwölfte Klasse. War letztes Jahr Schulsprecher."

Ada nickte. Tim war früher einmal Nadines und ihr Schwarm gewesen. Ein Junge, der glühende Reden auf den Schulversammlungen hielt, der außerdem noch witzig und schlagfertig war, dass selbst die Lehrer Respekt vor ihm hatten. Tim hatte ein Jahr als Austauschschüler in Amerika verbracht, er war der beste Handballspieler der Schule. Alle Mädchen der siebten Klasse hatten damals für Tim geschwärmt, aber er war unerreichbar wie ein Fixstern gewesen.

Tim hatte in der linken Hand eine Milchtüte und in der rechten Hand ein Comic-Heft. Er schien einem dunkelhaarigen Jungen mit Brille gerade irgendetwas erklären zu wollen. Der Junge hörte begeistert zu und brach dann in schallendes Gelächter aus. Als Claudia und Ada sich näherten, rief der mit der Brille: „He, Claudia, was gibt's Neues aus der Schüler-Redaktion?"

Jetzt erst entdeckte er Ada, die etwas verlegen stehen geblieben war. „Hallo“, rief er fröhlich. „Willkommen im Kreis der Kreativen.“

Tim hob den Kopf, begrüßte Claudia und warf Ada einen neugierigen Blick zu.

„Das ist Ada“, sagte Claudia. „Aus meiner Klasse. Die Frau, die so tolle Aufsätze schreiben kann. Ihr wisst schon.“

Tim strahlte über das ganze Gesicht. Er streckte Ada seine Hand entgegen. „Super“, sagte er. „Ich freu mich, dass du bei uns mitmachen willst. Ehrlich. Die Claudia hat schon von dir erzählt. Aber dann hörten wir, dass dich unsere Zeitung nicht so richtig interessierte. Hieß es jedenfalls.“

Ada verzog verlegen ihr Gesicht. „Das hatte andere Gründe“, sagte sie. „Ich möchte nicht darüber reden.“

Tims Blick war nicht neugierig, aber aufmerksam. Er nickte langsam. „Jedenfalls sieht es so aus, als wenn du jetzt zum Team gehörtest. Habe ich Recht?“

„Natürlich hast du Recht.“ Der Junge mit der Brille grinste. „Du hast doch immer Recht, Tim.“

„Nicht immer“, sagte Tim ruhig. „Aber vielleicht diesmal.“ Er strahlte Ada an. „Ich glaube, wir werden uns gut vertragen.“

STARKE MÄDCHEN

SERIE VON

Brigitte Blobel

Lea will es wissen

Keine Panik, Jenny

Meike liebt Ken

Sofies Geheimnis

Immer wieder Marie

Alinas letzte Chance

Saras riskanter Plan

Romy auf der Suche

Für immer, deine Eva